FOLIO POLICIER

Nicolas Jaillet

Sansalina

Gallimard

Né en 1971, homme de théâtre ayant également coécrit sketches et chansons pour son ami Alexis HK, Nicolas Jaillet, fasciné par le Mexique, a publié *Sansalina* aux Éditions Après la Lune. Il est également l'auteur du *Retour du pirate* paru chez Lattès, et d'*Intruse* aux Éditions Hachette Jeunesse.

Chazcùn, 12 avril 1927

L'homme se présenta devant la bibliothèque une heure avant la fermeture. Sa silhouette se découpait sur les rideaux de la baie vitrée. Il hésita avant de se glisser à l'intérieur, son chapeau à la main.

Dolores l'observait depuis le guichet de l'accueil. Il portait un costume coûteux, mais sale et froissé. On aurait dit un commis voyageur. Un marchand de bibles, qui aurait traversé le pays dans une bétaillère.

L'homme déambula dans la salle avant de fixer son choix sur le tome A-C de *l'Encyclopaedia Britannica.* Ses petits yeux faseyaient, comme s'ils cherchaient dans les rayonnages un soutien amical ou la source d'un danger mortel. Il s'installa à une table, ouvrit le livre et se mit à le manipuler. Il tournait les pages en prenant un air distant ; parfois, il s'arrêtait sur un article, puis il en cherchait un autre. Il ne revenait jamais en arrière. Il ne changeait jamais de tome.

Les collègues de Dolores passaient près de son bureau avec des regards entendus. Des chuchotements féminins s'échappaient de la pièce voisine. L'homme n'était pas venu pour lire. C'était un admirateur. La question était de savoir à qui il en avait.

Paquita vint en reconnaissance, avec une pile de journaux. C'était une grande fille délurée. Elle toisa l'homme longuement, puis elle s'approcha de l'accueil pour délivrer son verdict. Elle tendit le doigt vers Dolores et articula silencieusement « pour toi », en arrondissant les lèvres.

Elle disparut dans la salle voisine, accueillie par une volée de rires étouffés.

Dolores battit l'air de la main ; elle secoua la tête et se replongea dans sa lecture. Scribner avait annoncé que des exemplaires de *Great Gatsby* seraient bientôt disponibles. En attendant, elle relisait *L'Envers du paradis.* Elle succombait au charme nocif de ces petits voyous, riches, brillants, désœuvrés, violents sans la moindre raison.

Ils trouvèrent dans Holder Court deux bicyclettes non cadenassées et à trois heures et demie ils roulaient le long de la route de Lawrence-Ville.

Dolores leva brusquement la tête. Elle croisa le regard du visiteur. L'homme cilla, et se détourna aussitôt. Il braquait les yeux sur son encyclopédie, mais ses pupilles restaient fixes. Il avait une moue crispée. Il se massait nerveusement la joue. Il ne lisait pas. Dolores inclina la tête. Elle tenta de se replonger dans le style subtil de Francis-Scott Fitzgerald. Elle n'y parvenait pas. L'homme assis de l'autre côté de la salle continuait de l'observer.

Dolores lisait souvent plusieurs livres en même temps. Elle marquait les pages avec des trombones. Elle referma *L'Envers du paradis* et tendit la main vers une nouveauté. Un livre à la couverture illustrée. On y voyait une jeune femme entre les bras d'un homme qui portait un turban. Ils étaient dans la jungle. La jeune femme se débattait mollement. Elle implorait l'homme des yeux. L'illustrateur laissait planer le doute sur l'objet de cette imploration.

Les filles de la bibliothèque, entre elles, appelaient ce genre d'ouvrage « une sucrerie ». Dolores en raffolait. Ici, le livre aurait plus de succès que *Great Gatzby.* La conservatrice de la bibliothèque de Chazcùn se devait de l'avoir lu.

Derrière les verrières, la lueur du soleil rosissait, annonçant la douceur du soir. Doña Cortès s'approcha pour faire valider ses emprunts. Dolores l'accueillit en souriant.

Elle renonça à sa lecture et se recala sur sa chaise en se massant le dos.

Avec sa délicatesse habituelle, Doña Cortès posa ses livres et, sur une pile à part, les petits cartons qu'elle avait sortis de leurs étuis pour épargner cet effort à Dolores. Elle piocha dans son porte-monnaie et déposa dans la coupelle de cuivre la somme exacte pour l'emprunt de ses livres. Pendant que Dolores les emballait, les deux femmes échangèrent des mots banals. Puis elles tressaillirent. Le claquement des mitraillettes à tambour avait retenti dans la rue. Une table tomba.

La verrière explosa. Des bris de verre et des copeaux de bois se mirent à voler partout dans la pièce. Les gens se bouchaient les oreilles. Ils essayaient de se protéger. Quelque chose rebondit sur la tempe de Doña Cortès. La racine de ses cheveux se trempa de sang. Elle hurla. Tout le monde hurla.

Des meubles roulaient. Des morceaux de papier volaient. Des livres bondissaient en se déchirant. Dolores se couvrit la tête de ses bras. Elle se jeta à terre. Le verre continuait de tomber en pluie un peu partout. Dolores rampa sous son bureau. Les mitraillettes tiraient toujours. On entendait le moteur d'une automobile lancé à plein régime. Dans la rue aussi, des gens criaient.

L'auto surgit. Elle rebondit sur le trottoir et traversa les montants de bois qui tenaient encore au chambranle de la porte avant de s'écraser sur le sol de la bibliothèque. Le radiateur était crevé. Des volutes de vapeur d'eau s'échappaient du capot. La voiture s'arrêta net, au milieu de la salle de lecture. La baie vitrée n'était plus qu'une grande carie béante. On tirait toujours. Les balles arrachaient des morceaux de toile à la capote de l'auto. Des livres partaient en morceaux. Quelque chose d'embrasé vola.

Il y eut une explosion. La voiture rebondit sur

ses essieux. Les coups de feu cessèrent brusquement. Le silence retombait, percé de sanglots et de gémissements effrayés.

On entendit des coups sourds à l'intérieur de l'auto, et des cliquetis frénétiques. La poignée de la portière jouait. Une silhouette s'agitait derrière la vitre encrassée. De la fumée s'échappait par les trous de la capote.

Le feu prenait dans la voiture, le conducteur était bloqué à l'intérieur.

On entendit un hurlement. L'homme parvint à s'extraire de l'auto en déchirant la capote. Le réservoir éventré dégouttait sur une flaque de pétrole. Il se mit à vomir des flammes. L'homme fut éclaboussé. Il prit feu en un instant. Il fit quelques pas au milieu de la salle de lecture, en essayant de se protéger le visage. Quelqu'un se jeta sur lui. Un homme en bras de chemise, qui tenait sa veste entre ses mains. L'homme essayait d'étouffer les flammes avec sa veste, en l'appliquant sur les épaules de la torche humaine, qui se débattait. Ils valsèrent un instant entre les rayonnages des livres qui commençaient à brûler.

La chaleur monta rapidement. Les gens couraient vers la sortie. Une employée de la bibliothèque apparut avec un extincteur, elle fut emportée par le flot.

Dolores s'extirpa de sous son bureau. Elle essayait d'éviter les bouts de verre. Elle se faisait piétiner. Elle tenta de se relever. Un homme la bouscula en hurlant de terreur. Elle tomba près du blessé. Elle détourna les yeux aussitôt. L'homme avait les cheveux brûlés. Il n'avait plus de cils, ni de sourcils. Plus de paupières. Ses yeux exorbités paniquaient au fond de leurs cratères. Il ne respirait plus. Il tressautait.

Dolores vit l'homme qui l'avait secouru. C'était le commis voyageur. L'homme à l'encyclopédie. Il tenait le blessé par le poignet, tâtant son pouls. L'incendie gagnait. La chaleur devenait insupportable. Le blessé avait cessé de bouger.

Dolores implorait l'homme des yeux. Il baissa la tête.

— C'est fini, dit-il.

Il laissa tomber le poignet de l'homme inerte. Il releva les yeux vers elle. Une brève hésitation courut dans son regard. Il dit :

— Les hommes, dehors, c'est à vous qu'ils en veulent. Venez.

Il la saisit par la taille. La jeune femme se sentait paralysée. Il l'aida à se relever.

— Il y a une autre sortie ? demanda-t-il.

Dolores lui indiqua le chemin d'un mouvement du menton. L'homme s'élança. Elle se laissa conduire. Les forces lui manquaient. Il la portait à moitié. Ils couraient vers le fond de la salle, en se baissant pour éviter d'inhaler la fumée qui s'accumulait sous le plafond.

L'homme soutenait Dolores du bras gauche. Il avait une arme dans l'autre main.

Ils franchirent une porte qui donnait sur un couloir. En l'ouvrant, ils déclenchèrent un courant d'air. Le feu reprit de plus belle derrière eux. L'air était brûlant et saturé de fumée. Ils tentaient de protéger leurs bronches en respirant à travers la manche de leurs vêtements. Au bout du couloir, ils trouvèrent une autre porte. Un carreau de verre ondulé éclairé par la lumière du jour.

Ils atteignirent la sortie. Ils s'effondrèrent. Ils reprirent leur souffle.

Ils suffoquaient sur le trottoir, à même le sol. C'était une petite rue tranquille. Les rares passants faisaient un écart en s'approchant. L'homme se leva le premier. Il était toujours en chemise. Il avait laissé sa veste et son chapeau à l'intérieur. Il tendit les mains vers Dolores, sans la toucher.

— Señora Poinsò, dit-il, je suis venu pour vous protéger.

Elle tressaillit. Il fit un geste pour l'imiter à le suivre. Elle eut un mouvement de recul.

Poinsò était son nom de jeune fille. Personne ici ne l'appelait plus comme ça.

Elle leva le bras pour demander un instant de répit. L'air chaud, chargé de poussière, lui brûlait les poumons. Elle toussa. Elle comprima sa poitrine pour réprimer la montée d'un filet de bile. Sans succès. Elle se plia en avant et vomit.

Elle chancelait. L'homme la prit par le bras. Il lui demanda si elle pouvait marcher. Elle hocha la tête, sans conviction. Il insista.

— Venez avec moi. Dépêchez-vous.

— Attendez, dit-elle. Je dois prévenir mes collègues que je suis sortie.

— Non, dit l'homme. Il vaut mieux qu'on vous croie morte.

Dolores trouva la force de dégager son bras. Elle fit quelques pas pour s'écarter de lui. Il restait immobile. Il se contenta d'ajouter :

— Dépêchez-vous, señora. Votre famille est en danger.

Dolores sentit un frisson la parcourir. La température de ses os retombait dangereusement.

Les frères Martìn faisaient la loi dans la cour de l'école. Plus exactement, la justice. Raùl se chargeait de l'accusation. *T'as tapé une fille. T'as volé les enchilladas. Tu l'as mordu, il saigne.*

Raùl avait le physique de l'emploi. Le visage sec, les yeux enfoncés dans les orbites, bordés de cernes noirs. Il aimait parler en public. Il aimait inspirer l'effroi. Il pensait que ça plaisait aux filles.

Agustin était plus rond, de corps et de cœur. Il voulait surtout se faire des copains. Il assurait la défense. *Ouais, mais c'est une peste. Ouais, mais il veut jamais prêter. Ouais, mais…*

Simòn suivait les consignes. Il appliquait les sentences, au besoin, mais sans emportement. Il servait avant tout de menace. À son grand soulagement, sa taille et sa carrure étaient amplement suffisantes. On s'en remettait surtout à la justice des frères Martìn parce qu'elle était moins brutale que celle des maîtres. Les coups étaient rares. Dans l'art de dispenser les peines, Raùl mêlait habilement l'humiliation acceptée, le sentiment de revanche pour le plaignant et la possibilité du rachat. *Puisque c'est ça, tu vas porter ses affaires. Puisque c'est ça, demain tu lui donnes le double. Je veux pas le savoir, tu te démerdes.*

Sur un point, Raùl se trompait. Les filles n'étaient pas attirées par la justice. Les filles aimaient les mauvais garçons. Les garçons comme Pablo, avec ses grands airs, ou comme Eduardo Mendes, avec son côté malsain. Malgré leurs efforts de justice et la gloire méritée qui les avaient récompensés, les frères Martin devaient rester vierges tous les trois jusqu'à l'avènement de la bande, longtemps après leur sortie de l'école, dans la nuit du 27 mai 1913.

Chazcùn, 12 avril 1927

L'homme vola une voiture, En pleine rue, en plein jour, profitant de la cohue. Ils contournèrent la bibliothèque. Le feu gagnait les étages. À deux cents mètres, on sentait la chaleur. Dolores vit les flammes qui s'échappaient par les fenêtres. Dans la foule, elle reconnut des visages familiers. En larmes. Certains de ses proches, persuadés qu'ils venaient de la voir mourir. Tous étaient tournés vers le bâtiment en feu. Personne ne leur prêtait attention. La voiture s'extirpa de la foule. Maintenant, la bibliothèque était loin ; on ne voyait plus qu'une mince colonne de fumée. Plus haut dans le ciel, les particules de suie s'accumulaient, formant une nuée de plus en plus large. L'homme s'arrêta devant la porte d'un hôtel.

— J'en ai pas pour longtemps, dit-il. Attendez-moi.

Il laissa le moteur tourner. Il revint quelques minutes plus tard, avec une mallette de cuir noir et un étui qui ressemblait à une housse de golf. Il avait enfilé une nouvelle veste, qui jurait avec son pantalon. Elle se bombait sur la poitrine.

La famille Aguila habitait hors de la ville. Dolores observait l'homme au volant. On avait peine à lui donner un âge. Les cheveux de ses tempes étaient blancs. Sa peau avait une teinte crayeuse. L'homme sentit qu'elle l'observait. Il lui tendit la main.

— Je m'appelle Felipe Guzman.

Dolores hésita. Elle ne connaissait pas cet homme. Il était lié à la pire catastrophe de sa vie. Il en était peut-être responsable. Mais il y avait dans son regard une expression de souffrance qui jouait en sa faveur. Dolores avait besoin de réconfort. Elle posa sa paume sur celle qu'on lui tendait. L'homme la serra fort, trahissant son propre désarroi.

— J'ai peur, dit-elle.

— Des fois, ça vaut mieux, vous savez. C'est plus prudent.

Guzman lâcha sa main. Ils échangèrent un nouveau coup d'œil. Il devina sans peine ses pensées. Elle avait besoin d'explications.

— Je viens de Sansalina, dit-il. Don Zorfi a besoin de vous.

— Je ne connais pas de Don Zorfi.

Elle sursauta. Elle était à bout de nerfs.

— Vous parlez de… Pablo Zorfi ?

L'homme acquiesça. Le cœur de la jeune femme s'emballait. Elle revoyait Sansalina. Les chemins de terre à la tombée du jour. Pieds nus sur les rails brûlants. Les serments échangés devant la Boca Negra. Des douceurs poussiéreuses échappées de l'enfance. Un sourire inquiet apparut sur ses lèvres. Elle demanda :

— Pourquoi dites-vous « Don Zorfi » ?

— C'est comme ça qu'on l'appelle.

— Vous me faites marcher.

— Pas du tout. Pablo est quelqu'un d'important. Il dirige l'hôtel Colòn, les usines de papier ; il contrôle les marchés. Tout le monde le respecte.

Dolores ricana. Elle revoyait Pablo Zorfi lors de leur dernière rencontre. Un pâle duvet apparaissait à peine au-dessus de sa bouche. Sa mèche trop longue qui lui tombait sur l'œil. Son petit rire sec, éclatant mais rare ; ses larmes fugaces. Mettez-lui des chaussures. Mettez-lui une chemise digne de ce nom. Un pantalon de costume, un gilet, une veste, une chaîne de montre. Des boutons de manchette. Un chapeau. Lavez-lui les cheveux, décrassez-le intégralement. Ça demandait un petit effort d'imagination.

Sous d'autres cieux, en d'autres temps, elle aurait pris plaisir à recevoir des nouvelles de Pablo Zorfi. Mais pas ce soir. Ce soir, les cieux étaient crasseux. Noirs de suie. Dolores sentait monter la colère.

— Je n'ai rien à voir avec les trafics de Pablo, dit-elle d'une voix blanche. Je ne l'ai pas revu depuis quinze ans.

L'homme rectifia :

— Dix-huit ans. Votre dernière rencontre remonte à 1909. Il vous raccompagnait chez vous après la fin des cours. Un matin, Pablo n'est pas venu à l'école. Ni les jours suivants. Vous n'avez jamais su ce qu'il était devenu.

— Pablo ne venait *jamais* à l'école. Il fuguait souvent. Je ne vois pas…

Elle frappa du plat de la main sur le tableau de bord.

— Merde ! Vous êtes venu exprès de Sansalina pour me dire ça ? Vous avez mis le feu à la bibliothèque, des gens sont morts ! Je n'ai pas à vous répondre.

Elle se plia en avant, saisit le volant. Elle tira dessus de toutes ses forces.

— Qu'est-ce que vous faites ?

La rue bascula. La voiture tanguait. L'homme tenta d'écarter Dolores d'un coup d'épaule. Ils percutèrent un tas de bois. L'homme avait vu venir le coup. Il se cramponna au volant. Dolores bascula. Sa tête heurta le pare-brise. Elle rebondit et s'affala sur le fauteuil.

L'homme avait ressorti son arme. Il en pointait le canon sur sa tempe. Elle sentait son haleine. Estomac creux. Relents d'alcool. Trop de café. Ses cheveux s'accrochaient à sa barbe de trois jours.

— Posez les mains sur le tableau de bord, dit-il. Les deux mains. À plat.

Elle obéit. La voiture avait stoppé en grimpant sur le tas de bois. Le moteur tournait encore.

Guzman prit ses distances. Dolores vit ses yeux de près. Rouges, bouffis, emplis d'une terreur qu'il parvenait à peine à contenir. Son calme n'était qu'apparent. Il pouvait craquer, n'importe quand.

— L'homme qui a brûlé dans la bibliothèque s'appelle Agustin Martìn, dit-il. C'était mon meilleur ami. Et l'un des meilleurs amis de Don Zorfi. Enfin… Avant. Nous sommes poursuivis par des hommes discrets et nombreux. Ils ont de bonnes informations, de l'argent, des armes. Ils en veulent à Don Zorfi. Je pense qu'ils veulent vous enlever.

Elle posa la main sur sa poitrine. Elle l'observait, éberluée.

— Moi ? Pourquoi moi ? C'est absurde.

L'homme ouvrit la bouche, mais aucun son n'en sortit. Comme s'il s'apercevait brusquement qu'il n'avait pas de réponse. Il se reprit, et déclara très vite, en s'excusant :

— Vous comptez beaucoup pour Pablo. Il ne vous a pas oubliée…

— Mais je m'en fiche !

Elle criait presque. Guzman avait envie de reprendre la route. Vite. Il fallait qu'elle se calme. Il prit un air mauvais. Il se pencha vers elle ; il heurta sa tempe avec le canon de son arme. Exprès. Pour lui rappeler qu'il pouvait la tuer. Il posa un doigt sur sa bouche et fit « chhhht », les dents serrées. Elle respira profondément. Elle cligna des yeux. Deux larmes roulèrent sur ses joues. Il se retira lentement, se cala sur son siège et rangea son arme. Il y eut un long silence.

— Qui sont ces gens, demanda-t-elle ?

Guzman soupira. Il contemplait le toit d'un immeuble en face. Le calme soudain, dans la voiture inclinée et bancale sur la pente du tas de bois, avait quelque chose de bizarre.

— À Sansalina, dit enfin Guzman, on retrouve des fois des Indiens ou des paysans morts. Des fois, c'est des familles entières. La police vient voir. On interroge les voisins, mais personne n'a rien vu. Alors, on dit : « C'est la Garde Blanche ». La Garde

Blanche est venue, elle a mis le feu à ma grange. La Garde Blanche a tué mon père, ou mon frère. À la fois c'est vrai, et à la fois… c'est pas vrai. Comme ça, on peut protester sans accuser personne.

Ils se turent. Felipe épiait Dolores du coin de l'œil. Elle se mordait la lèvre inférieure. Sans ménagement.

— Il faut prévenir votre famille, dit-il. C'est encore loin ?

Elle hocha la tête.

— Allons-y.

Ils roulèrent à travers les faubourgs. Leur conversation se limitait maintenant à des indications de trajet.

Sansalina, barrio de Santa-Lucia, 1907

L'école donnait sur la place. La cloche sonna. Quelques instants de silence, et les premières grappes d'enfants se dispersèrent, envahissant la cour de cris et de rires. Les groupes se formaient autour des billes et des cordes à sauter.

L'école était installée dans les murs d'un hôtel particulier. L'ancien jardin, converti en cour de récréation, formait un trapèze limité à sa base par le fronton de l'école, le portail d'entrée fermant le côté opposé. Le gazon avait disparu depuis longtemps.

Le jeu de l'épervier débuta discrètement. Il ne concernait d'abord qu'un groupe de cinq garçons : Pablo Zorfi, les triplés Martìn, et Eduardo Mendes, que le sort avait désigné pour faire l'épervier.

Mendes alla se placer au milieu de la cour, conformément à la règle du jeu, tandis que les quatre autres s'installaient le long de la grille. Au signal, ils devaient courir pour atteindre l'autre grille avant que l'épervier les touche. Ceux qu'il touchait changeaient de camp et servaient de rabatteurs.

Mendes aimait faire l'épervier. Il était sûr de gagner à la fin. C'était le jeu, c'était comme ça. Certes, il manquait la sensation de liberté au début de la partie, et surtout, il avait le mauvais rôle. Le rôle du flic. Mais il gagnerait à la fin, c'était mathématique. Il n'avait qu'à attraper un premier prisonnier, et le jeu deviendrait de plus en plus facile pour lui à chaque tour. Eduardo étudia la situation.

Au premier tour, il ne pouvait pas espérer toucher plus d'un seul adversaire. Il devait faire son choix avant d'élaborer une stratégie. Zorfi aurait fait un bon équipier, mais il était malin, et il courait vite. Mendes se replia sur Simòn, le plus épais des frères Martìn. Grand et gros, c'était le moins rapide. Une fois pris, sa corpulence assurait à Mendes un atout stratégique.

Mendes donna le signal. La petite bande s'élança dans la cour. Les garçons louvoyaient entre les joueurs, arrachant des cris de protestation. Ils atteignirent la grille opposée, à bout de souffle. Ils se congratulèrent.

Raùl Martìn tendit le bras vers l'intérieur de la cour.

— Il a eu Simòn !

Mendes triomphait, la main posée sur l'épaule de sa proie, qui le dépassait d'une bonne tête. Le gros hochait la tête, désolé. Mendes donna le signal à nouveau. Les trois garçons repartirent, en criant des commentaires dramatiques inspirés par les mélodrames diffusés à la radio.

— Il va falloir jouer serré, maintenant !

Au second tour, Eduardo prit Agustìn. Pablo était désormais seul avec le dernier des frères. La partie manquait d'imprévu. À peine commencée, elle était déjà perdue. Un groupe d'enfants plus petits, agglutinés au pied de la grille, les regardait avec envie. Pablo les invita à les rejoindre. Les petits bondirent de joie, attirant l'attention de quelques complices désœuvrés. Pablo croisa le regard d'Eduardo Mendes, qui lui lança :

— Vous ne perdez rien pour attendre !

Mendes frappa dans ses mains. Le nouveau groupe s'élança.

Le jeu gagnait par contagion. Filles et garçons de tous âges s'invitaient à chaque tour. Pendant un temps l'attention de Mendes fut accaparée par les petits, qui se laissaient attraper plus facilement. Pablo Zorfi et Raùl Martìn eurent un moment de répit. En même temps, la cour se gorgeait d'adversaires. Le jeu était de plus en plus inégal. Au dixième tour, Pablo et Raùl atteignirent la grille ensemble, avec un cri de victoire. Mais ils déchantèrent en se tournant vers la cour.

L'école était plongée dans le silence. Le jeu avait gagné tous les enfants. Tous avaient fini par se faire prendre. Ils regardaient les deux survivants avec envie.

Mendes donna le signal.

— Qu'est-ce qu'on fait ?

— On reste ensemble, dit Pablo.

Pablo prit Raùl par le bras. Ils se mirent à courir vers le portail, où s'étaient réunis les plus petits. Les deux grands se ruaient sur eux, poussant des rugissements. Les petits se dispersèrent, effrayés, coupant la route aux autres.

Raùl obliqua vers le mur. Pablo opta pour un chemin plus long, mais moins peuplé. Il rencontra Agustìn, feinta, l'esquiva et bondit vers la grille.

Un garçon le saisit à la taille. Un tout petit. Du genre acharné. Un de ceux qui n'avaient peur de rien. Pablo ne l'avait pas vu venir. Il parvint à le soulever du sol et se remit à trotter vers la grille, mais le petit tenait bon. Enhardis par son exemple, d'autres petits se rassemblèrent, décidés à faire front. La grille avançait lentement. Pablo jeta un coup d'œil derrière son épaule. Mendes fonçait sur lui. Pablo eut un sursaut. Prenant quelques-uns de ses assaillants tant bien que mal pour les soulever de terre, laissant les autres se traîner, il parvint à déplacer la masse qui l'engluait. Des cris effrayés et ravis se levèrent. Pablo atteignit la grille. Ses assaillants renoncèrent, heureux de lui accorder une chance de plus. Il s'était bien battu.

Pablo scruta la cour en reprenant son souffle. Il grimaça.

Raùl était pris. Il se débattait au milieu d'une nuée. Mendes s'approchait de lui, savourant sa victoire. Il le toucha d'un geste impérial. Puis il disposa ses troupes. Les triplés Martìn se déployèrent sur la largeur de la cour. Ensuite, Eduardo disposa les petits en rangs de trois, puis il se plaça en première ligne et leva les bras pour donner le signal. Cette fois, c'était la fin.

Pablo sentait monter la fièvre. Il avait une idée. Il n'allait pas se laisser prendre. Il voulait leur échapper, rien qu'une fois encore. Une seule fois, tout seul contre toute l'école. Ça, ce serait fort.

Sans attendre le signal, il s'élança le long de la grille en direction du mur. Des cris retentirent. L'armée de Mendes se disloqua. Pablo atteignit le mur. Il saisit la gouttière. Il grimpa jusqu'au sommet de la grille. Il l'enjamba et se laissa glisser dehors, provoquant des cris décuplés, où se mêlaient le respect et l'indignation. Pablo se retrouva dans la rue. Il courut tout autour de la grille, avec des signes pour tous ceux qui le suivaient en hurlant, à l'intérieur de l'école. Il atteignit l'autre côté. Il escalada la grille et redescendit le long du mur. Il avait triché, mais il avait gagné un tour.

L'appariteur qui surveillait la cour se précipita sur la cloche et sonna la fin de la récréation avec deux minutes d'avance. Pendu à la grille, Pablo observait son adversaire. C'était encore plus fort que prévu. Il n'avait pas été vaincu. Du tout. Il avait eu mieux qu'un sursis. Il avait conjuré le sort. Il savait qu'il serait puni, mais déjà ses camarades se précipitaient vers lui pour le porter en triomphe.

Pour avoir quitté la cour sans autorisation, Pablo Zorfi reçut vingt coups de règle. Il réagit avec un dédain superbe, mais quand la cloche sonna à la fin de l'étude, il tâcha de se faire oublier, le temps que ses amis aient disparu. La douleur lui sciait les reins. Il était incapable de courir. Il ne voulait pas qu'on le remarque. Quand il se crut tout seul, il quitta la cour. Il se dandinait en marchant, comme un canard. Il ne pouvait pas s'en empêcher. Il cherchait vainement une position moins pénible pour porter ses affaires. Il entendit une petite voix derrière lui.

— Veux-tu que je t'aide ?

Pablo se retourna, décidé à repousser la proposition. Il hésita. Dolores Poinsò ne quittait jamais l'école si tard. Après la classe, elle s'empressait de rentrer chez elle, pour réviser les leçons de la journée. C'était la meilleure élève de la classe. Elle lisait sans hésitation. Sans s'aider de l'index. Elle n'était jamais prise en faute.

Jusqu'à ce jour, elle ne lui avait jamais adressé la parole.

Dolores et Guzman avaient quitté les faubourgs. Ils longeaient un canal. Les habitations s'espaçaient peu à peu ; de petits jardins étaient apparus, puis des champs. Après un long mutisme, Dolores s'était soudain montrée loquace. Elle avait parlé de sa vie, de son mari Hernan, médecin en ville. De son fils unique, Luis, qui restait à la maison. Le matin, elle attelait les mules avec son mari, et ils partaient ensemble. C'était un déchirement pour elle d'abandonner Luis, mais c'était comme ça. Ils avaient remué ciel et terre. Ils n'avaient pas trouvé de place pour lui à l'école, malgré les relations du docteur Aguila.

Hernan déposait Dolores à la bibliothèque. Il continuait le trajet jusqu'à son cabinet. Le soir, il était souvent en retard. Il était débordé. Dolores, à la fois frustrée dans son instinct maternel et fière de son mari dévoué au bien-être commun, le grondait sans méchanceté.

Dolores parlait d'un seul souffle, pour remplir le vide. Les mots s'échappaient d'elle comme d'une plaie. Peut-être espérait-elle apitoyer Guzman avec sa jolie vie paisible. Regardez comme nous sommes heureux. Regardez-nous, notre magasin de porcelaine. Que faites-vous là avec vos semelles de plomb ? Ne voyez-vous pas que n'avons rien à faire ensemble ? Mais elle sentait confusément qu'il était trop tard. Guzman n'y pouvait rien. Apparemment, elle avait laissé quelque chose sur le feu, vingt ans plus tôt, dans une ville qu'elle était en train d'oublier. Et la casserole venait de déborder.

Soudain, elle se tut. Montrant du doigt une maison isolée, elle dit :

— C'est là.

La voiture cala brutalement. Felipe Guzman eut un geste d'impuissance. Dolores bondit au-dehors. Elle courut vers la maison en appelant à l'aide. Quelque chose lui entrava les jambes. Elle trébucha. Les cailloux de la route lui égratignèrent les paumes. Elle tenta de se relever. Quelque chose l'entravait. Une main se posa sur sa bouche. Elle perçut une odeur délétère. Elle vit le visage de Guzman tout près du sien, avec sa mine de chien battu. Il appliquait un chiffon sur sa bouche et sur son nez. Il serrait fort. Elle sentit un liquide froid. Elle tenta de bloquer sa respiration. Elle voulut crier. Elle se débattit. Elle manqua d'oxygène. Elle inhala. Elle perdit connaissance.

L'homme se releva. Il prit la jeune femme dans ses bras et la traîna jusqu'à l'auto. Il l'étendit au pied de la banquette arrière, dissimulée sous une couverture.

Il ouvrit son étui en forme de housse de golf. Il en tira un fusil de chasse à canon court. Il chargea deux cartouches de grenaille et posa le fusil sur le fauteuil du passager. Il vérifia le reste de son arsenal. Dans la poche droite de son pantalon, un revolver .42. Chargé. Sous l'élastique de son porte-chaussette gauche, un pistolet à deux coups de type Deringer. Chargé. Fixé à chaque cheville, un couteau à lame rétractable. Il en avait vérifié le fonctionnement le matin même. Il s'était entraîné au lancer. Il priait pour ne pas avoir à s'en servir. Des sueurs froides lui coulaient dans le dos.

Il sortit et s'accroupit à l'avant de la voiture. Il empoigna la manivelle du démarreur. Il se maudissait de n'avoir pas volé une voiture plus récente, avec un contacteur électrique. Il manquait de force. La peur l'engourdissait. Il avait les mains moites. La manivelle lui échappa. Elle fit un retour, il esquiva le coup de justesse. Il poussa un juron. Il posa deux doigts sur ses yeux et appuya jusqu'à ce qu'il voie des étoiles. Il pensait à Agustìn. Depuis une heure, il pensait à Agustìn en se disant : pense à autre chose. Il n'avait pas envie d'être là. Il avait envie d'aller courir, nu, dans le désert, en hurlant comme une bête sauvage.

Ils avaient quitté Sansalina deux jours plus tôt, dans une carriole à deux chevaux. Ils avaient brouillé les pistes. On les avait suivis tout de même. Ils avaient changé de route ; ils avaient changé de voiture. On les avait retrouvés. Agustìn avait été abattu pendant que lui, Felipe, traînait dans la bibliothèque. Il cherchait un moyen pour aborder la jeune femme. Il attendait le moment propice.

Le moment propice était peut-être venu. Il ne l'avait pas senti. S'il n'avait pas perdu de temps, Agustìn serait encore là. Peut-être.

Guzman ouvrit les yeux. Le soleil l'éblouit. Il ouvrit grande la bouche. Il avala autant d'air que possible, aussi régulièrement que possible. Il tenta de se calmer.

Il observa la maison. Une ferme de taille moyenne, entourée par des champs de foin. À l'ouest, le canal courait, parallèle à la route. Au-delà, d'autres champs en friche, et un potager, sur le flanc nord de la ferme. Les Aguila n'exploitaient que les terres nécessaires au fourrage de leurs bêtes et aux besoins d'une famille qui ne vivait pas de ses terres.

Guzman regarda sa montre. Six heures. Le docteur allait bientôt quitter son cabinet. Dans quelques minutes, il descendrait vers le centre-ville. Peut-être était-il déjà parti. Peut-être voyait-il déjà la fumée de l'incendie. Peut-être fouettait-il ses bêtes en perdant ses moyens, torturé par un pressentiment qui n'allait pas s'apaiser de sitôt.

Inutile de penser à ça. Guzman devait se concentrer sur son propre problème.

Sauver des vies. Le plus de vies possible.

Il inspira profondément, et relança le moteur d'un coup de manivelle. Il roula jusqu'à la ferme. Elle donnait sur la route par une porte cochère. Les deux battants étaient entrebâillés. Felipe hésitait. Il n'avait pas de plan. Il manquait d'informations. Il était seul. Il continua de rouler. Il arrêta la voiture un peu plus loin. Il opta pour un tour d'observation.

Il prit son fusil et avança à travers champs, en le tenant caché dans son dos. Rien ne bougeait.

Felipe s'accroupit, il continua d'avancer entre les herbes sèches. Il faisait une grosse erreur, il le savait. Si les hommes de la Garde Blanche étaient là, ils pourraient profiter de l'aubaine : la jeune femme seule, inanimée, dans la voiture, et lui au milieu des champs, faisaient deux cibles faciles. Felipe se ressaisit : la Garde Blanche était une légende. Une marotte qu'on agitait sous le nez des paysans pour les tenir au collet. La peur le gagnait, lui aussi. Elle lui inspirait des idées de bouseux.

Felipe atteignait le mur. Il entendit un cheval souffler et donner du sabot sur la dalle. Il s'arrêta. Il attendit. Plus rien.

Il entendit des poules. Pas de chien. Pas d'oies. Bonne nouvelle. Les oies sont des sales bestioles.

Le flanc de la maison était percé par une rangée de lucarnes. Guzman posa son fusil sur le rebord de l'une d'elles et se hissa à l'intérieur. Tout était calme. Il se trouvait dans un box. Sur sa gauche, il entendit le vieux cheval tousser. Il attendit un moment, que ses yeux s'habituent à la pénombre.

Il reprit son fusil et quitta le box. À sa droite, la lumière de la cour inondait l'écurie. Il marcha vers la lumière, tenant son fusil de la main gauche, dissimulé derrière sa cuisse. Au besoin, il pouvait saisir l'arme dans sa poche et faire feu à deux mains, en appuyant la crosse du fusil sur son torse.

Il commençait à se calmer. Beaucoup d'indices portaient à croire que la voie était libre. Tout était normal.

Comme chaque fois que ses ennemis frappaient. Comme le jour…

Il s'arrêta brusquement. Il ferma les yeux. Il vit Raquel étendue sur le sol, les deux jambes atrocement tordues. Il vit sa bouche déformée par la douleur et la haine, il vit ses yeux déments. Il entendit son cri.

Retrouve cette pute et ramène-la ici.

Felipe s'appuya contre le mur de pierre. Raquel non plus n'avait rien vu, rien entendu. Quand elle était rentrée à la maison, tout était calme. Ils étaient pourtant là. Ils l'attendaient. Ils l'avaient ligotée avec de la corde à piano. Ils l'avaient tabassée. Ils lui avaient brisé les deux tibias. Elle avait dit ce qu'elle savait sur Doña Poinsò. Ils étaient partis, ils l'avaient laissée là jusqu'à ce qu'il rentre, lui.

Guzman serra les dents. Il se força à ouvrir les yeux. Il retrouva son souffle. Il se remit à avancer vers la porte.

Dans la cour, un petit garçon jouait, assis par terre. Luis. Il manipulait de petites figurines qu'il avait construites avec de la boue et des brindilles. La cour était silencieuse. Quelques poules s'y promenaient. En face, la porte de la cuisine était entrebâillée. Il y avait quelqu'un derrière cette porte, forcément. On ne laisse pas un enfant seul toute la journée.

Luis leva la tête, et Guzman comprit pourquoi l'enfant n'allait pas à l'école. On ne l'avait pas admis. Son gros crâne, ses yeux globuleux, sa nuque épaisse, ses lèvres gercées, sa bouche entrouverte, sa grosse langue. Luis était le genre d'enfant qui ne grandirait pas.

Felipe fit un pas dans la lumière, le bras gauche replié dans le dos, le pouce posé sur le percuteur, l'index sur la détente. Il fallait respirer. Se calmer. Éviter les accidents.

Luis l'aperçut. Il eut un air étonné. Puis il sourit. Felipe agita sa main libre. Il était mal à l'aise devant cet enfant, avec son fusil à grenaille dans le dos. Il se sentait coupable. Il avait l'impression de faire un vilain mensonge.

L'enfant se leva et marcha vers lui. Guzman pivota pour s'adosser au mur de la cour. L'entrée de la cuisine était à quelques pas, sur sa gauche. Un peu plus loin, la porte cochère était entrebâillée. Ça faisait beaucoup d'accès libres. Et dehors, seule, dans la voiture, Dolores Aguila née Poinsò, dormait toujours. Peut-être.

Luis marmonnait des mots que Felipe ne comprenait pas. Il attrapait le bas de son pantalon et lui montrait ses figurines de terre. Il voulait jouer avec lui. Felipe s'accroupit. Il dut pivoter pour continuer à cacher son fusil. Il demanda :

— Il y a quelqu'un avec toi ?

Luis acquiesça. Il glissa sa petite main dans celle de Guzman et l'emmena vers la maison. La main de l'enfant était sèche ; fripée comme celle d'un vieillard. Guzman le suivit. Il s'arrêta sur le seuil. Une voix de femme l'invita à entrer. Il poussa la porte du bout du pied. Une table en chêne, quatre chaises, une lampe électrique avec un abat-jour en dentelle. Une femme assise près de la fenêtre, dans un fauteuil. Un ouvrage de tricot en souffrance posé sur ses genoux. Ses longs cheveux blancs ramassés en chignon. Elle tenait une carabine .22 Long Rifle entre les mains. Elle la pointait vers Guzman.

— Entrez, dit-elle.

— Je ne vous veux pas de mal, répondit l'homme.

— Encore heureux.

— J'ai un fusil, je vais le poser au sol.

— Vous ferez bien.

Il s'exécuta. Elle souleva le sourcil en voyant le fusil à canon court. C'était une arme pour le combat rapproché. Un type vous chargeait, il faisait aussitôt demi-tour, tranché en deux à hauteur du bas-ventre. On pouvait aussi charger les douilles avec du gros sel, c'était parfait pour impressionner les petites frappes. Des gars qui ouvraient des tripots sans permission. Le mobilier en prenait un coup. Ça faisait un maximum de dégâts en peu de temps. En tout cas, ce n'était pas une arme pour la chasse au pigeon. La vieille femme le savait. Felipe fit un pas de côté.

— Asseyez-vous, dit-elle.

Il prit une chaise.

Avec un naturel étonnant, Luis vint s'asseoir sur ses genoux. L'enfant dégageait une forte odeur d'urine, et il avait tendance à baver sur sa chemise, mais Felipe ne fit rien pour le repousser. Luis était tendre et démonstratif. Il avait décidé que Guzman était son copain. Et Guzman avait besoin d'un copain. Il s'étonna que la vieille femme le laissât faire.

— Quelle saloperie, cette manivelle ! dit-elle soudain. Vous avez failli vous faire avoir, pas vrai ?

Guzman sentit les battements de son cœur s'accélérer. Elle l'avait vu arriver. Ça expliquait le fusil. L'homme haussa les épaules d'un air impuissant. Depuis qu'il était à Chazcùn, les événements échappaient affreusement à son contrôle. La femme poursuivait, indifférente à la détresse de Guzman :

— Mon mari refusait d'acheter une automobile, à cause de ça. Il disait : tant qu'on se cassera la main à essayer de les mettre en route, ça ne vaudra pas le coup.

Felipe se racla le fond de la gorge pour avaler un peu de salive. La vieille entamait une conversation. D'accord. Au point où il en était…

— Ils n'en font plus, maintenant, dit-il. Ils ont des démarreurs électriques.

— Mon fils n'y croit pas non plus.

La femme se tut. Elle observait Guzman avec insistance. Elle ménageait son effet. Elle demanda :

— Qu'est-ce que vous avez fait de ma belle-fille ?

Felipe frissonna. Il espéra un instant que la vieille tire. Un bon coup entre les deux yeux, et tout serait fini.

— C'est du chloroforme, dit-il. Elle va bien. Elle dort. Il faut que je l'emmène à Sansalina.

La vieille haussa les sourcils.

— Ça fait une trotte.

— Justement, il vaudrait mieux qu'on traîne pas trop.

La vieille fit la moue et hocha la tête.

— Vous allez nulle part, mon petit gars. Vous allez rester là bien sage, et quand mon fils reviendra, il ira chercher les flics, et vous serez pendu.

Guzman ne put s'empêcher de sourire. Il hocha la tête à son tour.

— Non, dit-il. J'ai posé mon fusil pour calmer le jeu, mais vous ne faites pas le poids. Je pourrais me débarrasser de vous facilement.

Nouveau haussement de sourcils. Nouvelle moue.

— Comment vous feriez ?

Guzman était fatigué. Cette femme lui était sympathique, mais il avait perdu beaucoup trop de temps. La vieille n'avait pas vu l'incendie. Elle n'avait pas l'air de réaliser la gravité de la situation.

— Voilà comment je ferais, dit-il : pour commencer, je jette l'enfant que j'ai dans les bras vers vous. Vous refusez de faire feu. J'en profite pour plonger sous la table. Je suis à couvert. Je redresse la table, et avant que vous ayez engagé votre première cartouche, je la fais basculer sur vous. Je vous désarme. Pour finir, je vous braque avec le Smith et Wesson que j'ai dans la poche et que vous ne m'avez pas demandé de poser par terre. Mais je n'ai aucune envie de faire ça. Je suis de votre côté.

La vieille femme sourit. Elle posa son arme contre le mur.

— Admettons.

Felipe soupira. Il se frotta les yeux. Deuxième étape.

— Maintenant, écoutez-moi bien. Il y a des gens qui poursuivent Doña Poinsò, enfin… Aguila. Votre belle-fille. Bref. Ils ont mis le feu à la bibliothèque, cet après-midi. Ils sont dangereux. Ce soir, quand le docteur va rentrer, il croira comme tout le monde que Dolores est morte là-bas. Je sais que ce sera dur. Il va être sonné. Mais il faudra pas lui dire qu'elle est encore en vie, si vous voulez qu'elle le reste. Vous lui direz rien, pas un mot. Vous m'avez pas vu, vous avez vu personne. D'accord ?

La vieille femme hocha la tête, à plusieurs reprises. Elle observait l'étranger avec un sourire crispé.

— Je vous fais confiance, dit-elle. Vous savez pourquoi ?

Felipe l'interrogea du regard. Doña Aguila désigna Luis du menton. L'enfant s'était endormi dans ses bras.

— À cause de lui. Il ne se trompe pas sur les gens. Vous êtes un faux dur.

Felipe sourit, touché par le compliment.

— Il faut que j'y aille, dit-il.

Il se leva aussi délicatement que possible, déposa l'enfant dans les bras de sa grand-mère et se pencha vers elle. Il laissa au passage un baiser sur sa joue fripée, puis il alla ramasser son fusil. Comme il atteignait la porte, elle dit :

— Cette fois vous pouvez passer par le porche, si vous voulez.

Il répondit d'un geste de la main et quitta la ferme. Il trotta jusqu'à la voiture. Il ouvrit la portière avec anxiété, tira la couverture. La jeune femme était toujours là. Il prit son pouls. Lent et régulier. Il se tourna vers la fenêtre de la cuisine. Il ne la voyait pas, mais il savait que la vieille l'observait. Il lui adressa un signe positif, dressant le pouce vers le ciel.

Il posa son fusil sur le siège, après en avoir retiré les cartouches, et il démarra la voiture. Il s'engageait sur la route avec un frisson dans le dos, convaincu que sa survie ne tenait qu'à un malentendu fortuit et passager.

Dolores Poinsò avait suivi une scolarité brillante à l'école de Sainte-Lucie, sous la férule de Don Jaime Vasquez.

Don Jaime l'admirait. L'aimait. Il avait peur d'elle.

Il n'avait pas été lui-même un bon élève. Au fond, l'école l'ennuyait. Pour tromper l'ennui, il inventait des citations, des pans entiers de l'Histoire. Il attribuait des phrases farfelues à des auteurs célèbres, pour étayer ses propos. Qui s'en souciait, à part Dolores ?

Elle savait lire le latin, le grec, l'anglais. Tôt ou tard, elle le percerait à jour.

Don Jaime l'adressa à la pension des Petits Anges de Santa Maria de la Cruz. Pour compléter son éducation. Pour l'écarter de ses mauvaises influences. Pour l'éloigner de sa famille. Parce qu'il ne pouvait plus rien pour elle.

Dolores avait seize ans. Elle commençait à avoir de l'humour. Don Jaime la convoqua dans la salle de classe vide, après la fin de l'étude. La cour se vidait. La bande de Pablo l'attendait en bas, sans Pablo. Pablo avait disparu deux ans plus tôt. Dolores n'avait jamais cherché à savoir ce qu'il était devenu. Don Jaime dit :

— Je t'ai trouvé une bourse pour entrer dans une pension très bien. C'est une chose qu'ils font, parfois. Ils acceptent des pensionnaires gratuitement, au mérite. Il faut bien quelqu'un pour faire le ménage.

Elle rit. En entendant son rire, Don Jaime tressaillit.

Elle n'avait pas bondi de joie. Ni battu des mains. Elle avait ri. Juste un petit hoquet, pour signaler qu'elle avait saisi l'astuce. Un rire d'adulte. Lourd de sous-entendus.

Don Jaime réfléchit. Il se demandait si la réaction de Dolores, la lucidité dont elle avait fait preuve, ne rendait pas caduque le discours qu'il avait prévu pour elle, mais il voulait que les choses soient claires.

— Il ne faut pas te réjouir trop vite, Dolores. Les jeunes filles que tu vas croiser là-bas ne sont pas de ton monde ; elles ne se gêneront pas pour te le faire sentir. Certes, tu vas recevoir une instruction, bien meilleure que la mienne. Mais la meilleure instruction des jeunes filles ne sert jamais à grand-chose, dans ce pays. Les jeunes filles que tu vas croiser maintenant ne vont pas en pension pour s'instruire. Elles veulent un mari. Il leur faut le strict nécessaire pour briller dans les dîners qu'on donnera en leur honneur. Elles n'apprendront pas un mot, pas une virgule de plus. Si tu veux te servir un jour de ton instruction, dis-toi que la route sera longue, et qu'elle commence à la sortie de la pension. Car tu n'auras pas de mari, Dolores, pas toi. Tu n'en as pas les moyens.

Dolores sourit. Elle dit « merci ». Ils échangèrent une poignée de mains. Elle pivota sur une jambe, comme elle avait appris à le faire en cours de gymnastique, et quitta la pièce, la tête haute, le dos droit.

Les sœurs n'eurent pas à se plaindre d'elle. Elle était docile et dure à la tâche. Elle nettoyait le réfectoire. On lui trouvait une belle voix. On lui fit lire des textes saints durant les repas.

L'année suivante, elle obtint une place de secrétaire trilingue à la municipalité de Chazcùn.

Elle devait remplir des formulaires, taper des lettres et servir le café. Elle envoyait de l'argent à sa famille. Elle ne recevait jamais de nouvelles. Elle savait qu'elle n'en recevrait pas, ses parents ne sachant ni lire ni écrire.

Son père mourut en 1912. Elle en fut informée par une lettre du Padre Scotto de Sainte-Lucie. Elle répondit par un mandat. Elle ne vint pas à l'enterrement.

Sa mère disparut deux ans plus tard. Dolores l'apprit par les mêmes moyens. Elle répondit de la même façon.

Quelques mois plus tard, elle reçut une lettre de ses frères, rédigée par un écrivain public. Ils s'étonnaient de ne plus recevoir d'argent. Elle ne répondit pas. Elle n'avait pas de dette envers eux.

Felipe Guzman avait repris la route quelques heures avant la tombée du jour. Vers midi le lendemain la chaleur devint insupportable. Guzman rangea la voiture sous le toit d'une grange délabrée. Il fit du feu sur une plaque de tôle. Il y fit frire du lard et des haricots rouges. C'était tout ce qu'il avait trouvé de comestible, depuis Chazcùn. Il ruisselait de sueur ; il aurait bien dévoré les aliments crus ; il avait faim, mais il voulait faire un effort pour Dolores. Ils avaient roulé sans s'arrêter, sur des chemins de terre. Toute la nuit et toute la matinée. Des branches sèches éraflaient les flancs de la voiture ; des ombres dansaient dans la lumière des phares. Felipe s'endormait. Il confondait les ornières avec des trajectoires de tirs. Il se réveillait en sursaut. Il s'arrêtait, il essayait de dormir. Il voyait Raquel. Il l'entendait, distinctement.

Ramène cette pute, ou tue-le, lui.

Il s'épongea le front avec la manche de sa veste. Dolores ouvrit les yeux. Elle ne sentait plus ses doigts. L'odeur de viande grillée lui soulevait le cœur.

Elle tenta de faire un mouvement pour s'étirer. Elle s'aperçut qu'elle portait des menottes aux poignets. Elle était couchée sur une couverture. Sa bouche était sèche, sa joue trempée de salive. Elle voulut s'essuyer du revers de la main. Elle se blessa la lèvre contre le bracelet de métal.

Guzman lui tournait le dos. Une tache de sueur ovale s'étalait entre ses omoplates, le long de la colonne vertébrale.

Elle voulut attirer son attention, mais elle ne produisit qu'un son disgracieux qui ressemblait à un bêlement. Elle essaya encore. L'homme se retourna. Il souriait.

Elle souleva les poignets, lui montrant ses menottes, et demanda :

— Qu'est-ce que c'est que ça ?

Sa langue était engourdie, son articulation laissait à désirer. Guzman s'avança. Il tenait une petite clé à la main. Il l'agita sous les yeux de la jeune femme.

— Je vais vous les enlever, dit-il. Mais il faut m'écouter un peu.

Dolores se redressa brusquement. Elle ressentit une vive douleur au crâne. Elle avait la nausée.

— Je vous écoute.

— Tout va bien chez vous. Vous pourrez bientôt rentrer. Maintenant, il faut m'accompagner à Sansalina. Je vous emmène voir Pablo, vous discutez avec lui et vous rentrez, d'accord ?

Ils s'observaient en silence. La jeune femme dissimulait mal sa colère.

— Je vous ai écouté, dit-elle.

Il le reconnut d'un geste de la tête. Elle tendait les poignets vers lui. Il la libéra. Elle sourit.

— Merci.

Elle s'accroupit sur sa couverture, serra les poings et se détendit brutalement. Elle frappa l'homme à l'estomac, de toutes ses forces. Il tomba en arrière avec un gémissement étouffé. Elle voulut courir. Ses jambes répondaient mal. Le sol se précipita sur elle. Son crâne heurta la terre. Sa migraine décupla. Elle avala de la poussière. Elle se remit debout. Le sang qui affluait dans ses muscles lui faisait mal. Elle fit quelques pas hors de la grange, et des centaines de points douloureux percèrent la plante de ses pieds. Elle prit conscience qu'elle n'avait plus de chaussures. Autour d'elle, une immensité de terre aride, des herbes sèches, des ronces, le soleil vertical.

Elle s'effondra, secouée de sanglots.

Guzman la rejoignit sans se presser. Il la saisit et l'emmena sous l'ombre de la grange. Il l'allongea sur la couverture, lui tendit une gourde d'eau. Elle se rinça la bouche. Elle but. Il lui donna une assiette. Elle fit la moue.

— Mangez, dit-il. Faites un effort.

Elle s'habitua à l'odeur. Elle mâcha quelques haricots et retrouva un peu d'appétit. Puis elle eut faim. Elle vida son assiette en quelques minutes. Il lui tendit une galette de maïs.

— Ça va mieux ?

Elle hocha la tête. Son mal de crâne s'estompait.

— Je croyais que vous étiez là pour me protéger, dit-elle.

— C'est ce que je fais. Je dois vous empêcher de fuir. Toute seule, vous n'arriverez jamais à Sansalina.

Elle observa le désert brûlant.

— Je ne veux pas aller à Sansalina. Vous ne pouvez pas m'y forcer.

Felipe ferma les yeux. Il revit Raquel. Ils avaient bloqué ses jambes avec des briques. Ils l'avaient frappée avec une masse. Il regarda Dolores. Il avait envie de la gifler.

Il jeta les menottes à ses pieds. Elle l'observa avec dédain. Il saisit son revolver et fit jouer le cran de sûreté. Son index glissa lentement vers la gâchette. Elle croisa son regard.

— Vous n'allez pas me tuer, dit-elle.

Il secoua la tête avec un air bizarre. Il leva son arme, mais pas vers elle. Vers lui. Il posa le canon sur sa tempe. Il arma le chien. Il se mit à parler, d'une voix douce et calme.

— C'est la guerre, à Sansalina. Vous êtes la seule à pouvoir y faire quelque chose. Ils s'en sont pris à une femme qui compte beaucoup pour moi. Ils ne l'ont pas tuée. Ils l'ont estropiée, pour qu'elle ne puisse plus travailler. Vous avez raison. Je vais pas vous abattre. Je pourrais pas faire ça. Mais je pourrais faire une bêtise. Me tirer une balle dans la tête, par exemple. Ça, je pourrais très bien le faire. Vous le savez.

Dolores glissa les anneaux métalliques autour de ses poignets et resserra les crans. L'homme écarta l'arme de sa tempe. Dans le même mouvement, il dégagea le chien de percussion, puis il laissa tomber l'arme au sol, entre ses genoux.

Ils attendirent que le soleil décline, et ils reprirent la route. La monotonie du paysage, le sentiment d'éternité que procure le désert les apaisaient. Un peu avant la nuit, ils atteignirent un village. Des enfants les accueillirent, ravis par le bruit du moteur. L'homme gara la voiture et délia les mains de la jeune femme.

— Si vous faites un pas pour vous enfuir, je vous assomme. Et vous ne mangerez pas avant Sansalina. Je me suis engagé à vous ramener vivante. Ça veut pas dire en bonne santé.

Ils trouvèrent une cantine, où l'on servait de la bière et des quesadillas. Dolores mâchait lentement, les yeux dans le vague. D'un geste mécanique, elle décollait l'étiquette de la bouteille de bière.

— C'est votre femme ? demanda-t-elle.

Il se contenta de l'observer avec insistance, en attendant qu'elle précise sa pensée.

— ... la personne dont vous parliez tout à l'heure. Vous avez dit : « ils s'en sont pris à une personne que j'aime... » C'est votre femme ?

Il émit un grognement. Elle le poussa du coude.

— Allez, dit-elle. Vous en savez beaucoup sur moi, et moi je ne sais rien de vous. Il nous reste vingt-quatre heures de route à faire ensemble. Parlez-moi un peu.

— Ouais, dit-il. C'est tout comme.

— Qu'est-ce qu'elle fait dans la vie ?

Il avala une gorgée de bière.

— Elle se prostitue.

Dolores eut un mouvement de recul. Elle secoua la tête. Il haussa les épaules.

— Elle pourrait arrêter, si elle voulait. Je lui ai proposé. Mais elle préfère travailler. Elle est libre, comme ça.

— Ça ne vous dérange pas ?

Il resta silencieux. Elle comprit qu'elle était allée trop loin.

— On parle de Sansalina comme d'un lieu de perdition, dit-elle. C'est vrai ?

— Vous devriez le savoir, vous êtes née là-bas.

Elle sourit, fair-play. Avec un haussement d'épaule, elle répondit :

— J'y ai passé mon enfance. C'était peut-être le cas, mais je ne m'en rendais pas compte.

— C'était le cas. C'était un peu différent…

— En quoi, exactement ?

— L'ancien système. Il y avait cinq quartiers, dont trois qui étaient vraiment intéressants, pour les affaires. Boca Negra pour le racket sur le grand marché et la prostitution, Barrio Blanco pour les jeux, Nordeste pour le racket sur l'industrie du papier. Chaque quartier avait ses hommes de mains, sa loi, son chef. Maintenant, il n'y a plus qu'un seul chef, c'est Don Zorfi. Il y a eu beaucoup de bordel, au début, le temps que le nouveau système se mette en place. Maintenant, c'est plus calme. Enfin… Ça a été calme, pendant une dizaine d'années.

Elle tressaillit. Une intuition désagréable venait de lui traverser l'esprit.

— L'homme qui était dans l'auto, vous m'avez dit qu'il s'appelait ?…

Guzman grimaça. Il savait ce qu'elle était en train de réaliser. Elle aurait pu réagir plus tôt, mais elle avait des excuses.

— Agustìn Martìn, répondit-il dans un souffle.

— Je le connaissais, n'est-ce pas ? Ils étaient trois frères ?

Il acquiesça. Elle leva les yeux vers le plafond badigeonné à la chaux. Ses lèvres bougeaient. Un frémissement s'en échappait, à peine audible. Une source de vie émanait d'elle, dont les mots n'avaient pas d'importance. Elle implorait Dieu, ou quelque chose comme ça.

Eduardo Mendes était le plus petit et le plus maigre de la bande. Mais il compensait par son agilité. Certains le trouvaient vicieux. Pablo n'était pas d'accord. Il affirmait que Mendes savait placer des coups au moment où son adversaire s'y attendait le moins.

Il encaissait bien. Dans une bagarre, il est difficile de résister à la montée d'adrénaline. Le risque est grand de perdre son souffle avec les premiers coups reçus. Par nervosité. À l'inverse, Mendes donnait à ses adversaires l'impression qu'il gagnait en énergie et en précision, à mesure que le combat avançait. Les coups qui ne l'assommaient pas le réveillaient. Il devenait de plus en plus rapide. Ses adversaires perdaient pied. Alors, Mendes accélérait brusquement le rythme, et si ses coups n'étaient pas puissants, ils mettaient n'importe qui en position de faiblesse. Quand son adversaire baissait la garde, Mendes devenait méchant. Il frappait au foie, au cou, aux genoux, aux *cojones,* sans hésiter à faire mal. Il savait qu'il n'était pas sur un stade. Il était dans la rue. Il n'y avait pas d'arbitre pour compter les points. Il n'y avait pas de justice. Il n'y avait qu'une loi, réduite à sa plus simple expression.

Dans la cour de l'école, il faisait forte impression en imitant le lézard. Il se penchait en avant, faisait couler un filet de salive entre ses dents de devant, il le ravalait, puis le faisait redescendre, en roulant des yeux et en louchant. Tout le monde riait bien.

Ils atteignirent la réserve indienne en fin de matinée. Le plateau de granit s'étendait à l'ouest de la ville. Encore quatre-vingts kilomètres, et ils pourraient la voir. Quatre heures de route, en roulant bien. Ici, l'air était un peu plus frais que dans la vallée. Guzman avait contracté un tic nerveux. Il grattait le volant avec l'ongle de ses pouces. Il stoppa en laissant tourner le moteur. Il pivota vers la jeune femme.

— Vous savez conduire ?

La question la surprit. Elle crut à une plaisanterie, mais le visage de Guzman était impassible.

— Bien sûr que non, dit-elle. Mon mari…

— Il va falloir vous y mettre. Changeons de place.

Il se leva et contourna la voiture. Elle s'installa au volant. Il lui indiqua comment le tenir.

— Vous ne m'enlevez pas mes menottes ?

Il hocha la tête.

— Pas la peine.

Il pointa du menton.

— Regardez sous le volant. Vous avez deux

pédales. C'est l'accélérateur et le frein. Vous allez appuyer sur celle de droite, doucement, du pied droit, puis vous soulèverez doucement le pied, et vous appuierez sur celle de gauche, du pied droit également.

Elle s'exécuta. La voiture bondit en avant et pila.

— C'est bien, mentit-il. Vous allez recommencer, plus doucement. Regardez bien la route. C'est ça. Tenez votre volant. Tournez-le doucement vers la droite… Vers la droite ! Oui, c'est bien. Pardon, je me suis énervé, mais c'est bien. Accélérez, maintenant.

L'auto prit lentement de la vitesse. Dolores sentait le vent soulever ses cheveux. Elle eut envie de rire, pour la première fois depuis plus de quarante-huit heures.

Ils firent une pause vingt kilomètres plus tard. Ils s'installèrent à l'ombre d'un aplomb rocheux. Ils avaient acheté une pastèque sur le bord de la route. Felipe l'ouvrit en deux. Il en découpait des morceaux triangulaires, en prenant soin de ne pas abîmer l'écorce.

Il crachait les grains dans le désert. Elle l'imita.

— Comment avez-vous connu Pablo ? demanda-t-elle.

— Dans une ferme. On élevait des poulets pour Don Fernando. On s'est échappés ensemble. Il m'a proposé de le suivre. Il disait qu'à Sansalina, il avait des amis, et qu'on pourrait faire des trucs là-bas. Il a retrouvé Eduardo Mendes et les frères Martìn.

— Les Buenhombres, dit-elle.

— Les Buenhombres. Vous êtes au courrant ?

— Je faisais partie de la bande, au départ. Ils ne vous en ont jamais parlé ?

Il hocha la tête, intrigué.

— Pablo, Eduardo et les frères Martìn formaient un groupe inséparable. Ils se faisaient beaucoup remarquer. À l'école, tout le monde voulait être avec eux. Mais ils n'acceptaient personne, à part…

— Vous.

Elle sourit.

— Eduardo et Pablo étaient de véritables fripouilles, mais les frères Martìn avaient un bon fond. Ils avaient trouvé le nom de la bande. Dans la cour, ils empêchaient les plus grands de taper sur les autres. Ils avaient de grands rêves de justice.

Elle se tut. Elle se tourna vers lui, les yeux pleins d'amertume.

— Je doute qu'ils les aient accomplis, ajouta-t-elle.

Guzman dodelinait de la tête. Il était embarrassé. Il cherchait une réponse en fixant le rideau d'air trouble au-dessus de l'horizon.

— C'est compliqué…

— Je vois. N'en dites pas plus.

Dolores serrait les dents. Il la frôla du bout des doigts. Elle haussa les épaules.

— Ne les jugez pas trop vite, dit-il. Ce n'est pas simple, vous savez. Sansalina n'est pas Chazcùn. Il n'y a pas de… *bibliothèque,* là-bas. Il y a des hommes qui se battent pour survivre…

— Oh, non ! Épargnez-moi ça, s'il vous plaît.

Elle se leva et fit quelques pas pour s'éloigner de

lui, marchant jusqu'au bord de l'ombre. Il resta assis. Il tentait de se faire oublier.

— J'ai entendu ça des centaines de fois, dit-elle froidement. « La vie est une jungle, il faut se battre pour survivre… » Mais, voyez-vous monsieur Guzman, quand je croise des gens qui portent des armes et des caleçons en soie, je ne pense pas à des tigres ou à des lions. Savez-vous ce que je vois ?

Elle n'attendit pas qu'il réponde. Elle lui tournait toujours le dos.

— Je revois l'école, à Santa Lucia. Des enfants qui jouent à la guerre. Ils ont de quoi se nourrir — tout juste, quelquefois, je vous l'accorde —, mais aucun d'eux ne cherche à savoir d'où vient sa nourriture. Ils n'ont pas besoin de se battre à mort pour l'avoir, ce n'est pas vrai. Ils jouent à la guerre. Vous comprenez, monsieur Guzman ? Ils jouent. Ils grandissent, et ils continuent de jouer. Et ils tuent, et ils meurent. Parce que le jeu est devenu la vie. La cour de l'école est devenue le monde. Personne n'a eu l'idée de leur dire que le jeu était fini, et ce serait trop leur demander de s'en rendre compte tout seuls.

Sa voix tremblait. Elle soupira et reprit d'un ton plus paisible.

— Je ne veux pas savoir ce qu'ils sont devenus. Je n'avais pas envie de voir mourir Agustìn, si pitoyablement. Je ne veux pas voir un Pablo ou un Eduardo avec de beaux costumes, de belles femmes, probablement, des hommes autour d'eux pour les servir et les protéger. Je ne veux pas voir leurs joues grasses et bouffies par l'alcool. Je ne veux pas les voir avec de l'argent, du pouvoir et… Toujours rien dans la cervelle.

Guzman avala sa salive. Il n'aimait pas qu'on le traite d'ignorant.

— Vous avez pas le droit de mépriser un homme comme Pablo. Après ce qu'il a fait…

Elle le coupa en battant des mains.

— Oh, c'est magnifique ! Éloge du grand homme quand il incendie trois églises, il en fait reconstruire une. Sur l'argent des impôts.

Guzman secoua la tête.

— Je parle pas de ça.

Elle comprit qu'elle s'était braquée trop vite. Guzman avait cherché à lui dire quelque chose. Il se rétractait maintenant. Elle tenta de s'adoucir.

— Alors, de quoi parlez-vous ?

Il hocha la tête. Il se pencha pour ramasser les deux moitiés de pastèque qu'il avait soigneusement évidées.

— Rien, dit-il sèchement. Allez, suivez-moi.

— Qu'est-ce que vous voulez faire ?

— Je vais vous montrer un jeu.

Pablo Zorfi émergea d'un sommeil sans rêve. Il avait la bouche pâteuse. Il ouvrit les yeux et pivota dans son lit. Il était seul. Son regard balaya la chambre. Il ne vit rien d'anormal. Pas de serpents au plafond, rampant à l'envers comme s'ils étaient attirés vers le ciel. Pas de vermine grouillant dans les replis dcs draps. La journée commençait dans le calme.

Il se replia sur lui-même et s'assit sur le lit. Avant de se lever, il se massa le crâne pour chasser la migraine. Il marcha jusqu'à la salle de bains et se brossa les dents soigneusement. Une brosse dure pour détacher le tartre. Une brosse plus souple pour nettoyer les interstices. Une dernière pour stimuler les gencives. Il s'arrêta de frotter aux premiers saignements. Il se servit du fil dentaire. Il se rinça la bouche plusieurs fois.

En sortant de la salle de bains, il resta en arrêt devant la penderie ouverte. Une centaine de costumes s'étalaient devant ses yeux. Taillés sur des modèles qui venaient directement de Londres,

Paris ou Rome. Aucun ne lui faisait envie. Il en prit un au hasard. Il le jeta sur son lit. Son programme se mettait en place.

Il allait descendre au sauna. Il avait besoin d'une bonne suée. Il se ferait habiller là-bas. Il appellerait le barbier. Il regarda ses mains. Il ferait venir la manucure.

Pablo s'étira. Il se sentait d'attaque. Il allait peut-être régler quelques affaires, aujourd'hui. Les maquereaux trépignaient. Ils râlaient contre les filles de la nouvelle génération. Celles qui n'avaient pas connu l'ancien système. Les macs disaient qu'on leur faisait trop de cadeaux, qu'elles ne savaient plus se tenir. Ils prônaient la vieille école : tu marches droit ou je te cogne. Il s'agissait d'en attraper quelques-unes, et de s'y mettre, à la matraque souple et au poing américain. Doucement, sans nuire au commerce. Pablo n'était pas chaud. Il avait passé l'âge, et au fond, les affaires prospéraient. Eduardo Mendes gérait l'intendance. Les filles râlaient, mais elles travaillaient ; les salles de jeu tournaient, les petits rackets ronronnaient.

Zorfi sentit ses jambes trembler. Il eut besoin de s'asseoir. Il éprouvait souvent cette sensation le matin, en reprenant ses esprits. L'effet de l'alcool et des drogues se dissipant, il essayait de se calmer en faisant l'inventaire : ses biens, le montant de son compte en banque, le nombre de types en ville qui étaient prêts à lui vendre leur petite sœur pour pouvoir lui baiser les pieds. Les affaires qui fructifiaient un peu partout. L'argent qui rentrait à flots chaque jour, le rendant de plus en plus puissant, quelle que fût la somme qu'il arrivait à claquer dans la journée.

Il espérait retrouver la paix qu'il éprouvait autrefois. L'insouciance. Le résultat était inverse. Comme si certains cauchemars avaient débordé sur son temps de veille. Il saisissait une tasse, une pierre, une liasse de billets, et ses doigts passaient à travers. Il empoignait une arme, l'arme fondait entre ses mains. Loin de le réconforter, les objets familiers perdaient substance, ils se fondaient en une matière molle et opaque qui l'étouffait.

Il arrivait au bout d'une vie douloureuse, dangereuse et violente. Tout ce qu'il en retenait, c'était que rien n'existe vraiment. On brûle sa jeunesse, on sue sang et eau, on se pisse dessus à force d'avoir peur, et quand on atteint enfin son but, à l'abri, tout en haut, on s'aperçoit que le vide enneigé des cimes est peuplé de démons.

Pablo Zorfi se souvenait d'un temps, dans sa jeunesse, où il vivait chaque jour comme s'il allait mourir le lendemain. Sa vie ressemblait à un voyage dans un train fantôme épileptique. Il n'avait pas peur, à l'époque.

À seize ans il avait touché le fond. On l'avait laissé pour mort dans une benne à ordures. Il s'était relevé depuis. Il n'avait jamais cessé de se relever. Maintenant, il dirigeait la ville. On ne pouvait l'approcher sans subir une fouille au corps.

Il avait survécu. En soi, c'était déjà héroïque. Sa mauvaise conscience pouvait en tenir compte au lieu de le harceler.

Il avait instauré le nouveau système, avec les Buenhombres. Ils avaient dit aux filles : maintenant, vous toucherez de l'argent sur vos passes. Vingt pour cent. Pareil pour les maquereaux. Pareil pour les hommes de main, les parieurs, les barmen, les serveuses, les mendiants, les flics. Ils avaient retapé un orphelinat.

Ils avaient fait construire une école toute neuve, pour Don Jaime. Oh. Non.

Pablo sentit une douleur à la poitrine. Il n'aurait pas dû penser à ça. Son cœur s'emballait. Il tenta de repousser le mauvais souvenir. En vain. Les images et les sons étaient en lui. Gravés dans les cellules de son cerveau.

Il avait inauguré la nouvelle école. Il avait découpé le ruban, sous les applaudissements. C'était l'apogée de sa gloire. C'en était fini du petit gamin que tout le monde déteste ; que les commerçants pourchassent en lui lançant des pierres. Les commerçants étaient là. Ils souriaient, ils battaient des mains.

C'était le plus beau jour de sa vie, pourtant il avait paniqué. Il avait sorti son arme. Tiré trois coups de feu en direction de la foule. Une femme s'était effondrée. Les visages radieux avaient basculé dans l'horreur. Les pierres s'étaient remis à voler. Ses hommes l'avaient empoigné, le traînant en arrière pour échapper au lynchage.

Pablo se leva d'un bond. Il faillit perdre l'équilibre. Des lucioles dansaient dans la chambre. Il eut envie de se rasseoir. Il résista. Il ouvrit la boîte à pilules, sur sa table de chevet. Il en prit deux. Il les fit glisser avec un verre de Cachaça.

Il attendit que l'effet monte. Il eut envie d'accélérer le mouvement en inhalant de l'éther. Il résista. La paix montait, grâce à l'alcool. Il se sentait prêt à regarder les choses en face. Le bilan de sa vie se déroulait sous ses yeux, comme un film projeté sur le mur devant lui. Un mur impeccablement blanc. Il y veillait. La pièce était désinfectée régulièrement. Il la faisait souvent repeindre.

Le bilan était amer. Pablo était au bout de la course. Les frères Martìn l'avaient rayé de leurs tablettes; Don Jaime le considérait avec un effroi attristé, plein de condescendance et de pitié. Felipe Guzman prenait ses distances avec lui.

Les Buenhombres avaient bâti un empire. Ils avaient accompli une œuvre immense. Mais ils avaient foiré quelque chose au passage. Pablo ignorait quand et comment, mais de toute évidence ils avaient loupé le coche et leurs vies avaient sombré dans le délire.

Guzman tendit le bras et soupesa légèrement celui de la jeune femme, du poignet jusqu'au coude.

— Tendu, dit-il. Pas crispé. Ferme, mais décontracté.

— J'aimerais vous y voir. Avec des menottes…

— C'est mieux, dit-il en ignorant sa remarque. Allez-y. Doucement.

Le coup partit. L'écho se répercuta entre les pierres. Le recul la projeta en arrière, L'épaule de Dolores frappa l'homme à la poitrine. Il dégageait une forte odeur de sueur. Elle aussi, probablement. Quelque part dans le désert, une pierre éclata. Les écorces de pastèque étaient intactes. Elle soupira.

— C'est pas mal, c'est pas mal, vous découragez pas.

Il prit son arme. Il fit basculer le barillet et retira la douille. Il fit entrer une nouvelle cartouche qu'il venait de prendre dans sa poche. Il engagea le barillet. Il glissa l'arme entre ses doigts.

Elle tira. Cette fois, elle était préparée au recul. Une moitié de pastèque s'envola. Guzman applaudit, puis il reprit son arme. Ils remontèrent le raidillon, vers le point d'ombre où ils avaient déjeuné.

— Pourquoi faites-vous ça ? demanda-t-elle.

— J'en sais rien. J'ai un sale pressentiment. Je voudrais pas que vous arriviez à la ville sans être un peu préparée.

Elle minauda :

— De toute façon, vous êtes là pour me protéger, n'est-ce pas ?

— Justement…

Il laissa sa phrase en suspens.

— Conduire une voiture et tenir une arme à feu, c'est le droit d'entrée à Sansalina ? demanda-t-elle.

Elle regarda Guzman. Il ne répondait pas. Il s'était arrêté. Ses yeux fouillaient les broussailles inondées de lumière. Ils exprimaient la même angoisse que lorsqu'il était entré dans la bibliothèque. Ses narines palpitaient.

Dolores plongea sa main dans la poche de son chemisier. Depuis un moment, elle sentait quelque chose qui la démangeait. C'était un trombone. Un de ceux qu'elle utilisait pour marquer les pages de ses livres. Elle palpa sous ses doigts cet objet familier, seul vestige d'un monde qui venait de partir en fumée. Elle eut envie de pleurer.

Sansalina, 5 mars 1912

Pablo se présenta devant l'école. Le portail était encore fermé. L'aube pointait. Les chalands s'installaient dans Mercado Sur, à quelques rues de là, On entendait leurs cris. Pablo longea les grilles, laissant ses doigts rebondir sur les barreaux. Il retrouvait sa ville, après trois ans d'absence.

Il remonta la calle Mendòza. Le trottoir s'élevait progressivement au-dessus de la cour. À l'angle du bâtiment, elle atteignait le milieu des grilles. Le passage était toujours là. Les enfants avaient creusé des marches entre les pierres, avec des tasses en étain et des tessons de bouteille. On grimpait le long de la gouttière, on enjambait les barreaux, on était dehors.

Pablo descendit le long du mur. Ses blessures se réveillaient. Quand il atteignit le sol, la douleur lui coupa le souffle. Il s'accroupit pour récupérer. La marque des coups de fouet lui brûlait les épaules et les reins. Il avait de la fièvre. Il plongea la main dans sa poche. La fraîcheur de l'acier lui rendit courage.

Il avança le long de l'école, baissant la tête pour éviter les fenêtres. Il atteignit la lucarne. Le carreau cassé n'était pas remplacé. On pouvait passer deux doigts par l'interstice, pour déclencher le loquet. Le battant bascula, Pablo se glissa à l'intérieur. Il passait tout juste, maintenant. Il avait grandi.

Il dérapa sur la pente du tas de charbon et se retrouva dans la cave. Il y avait passé des heures avec les Buenhombres. Eduardo Mendes avait découvert la cachette. Il y avait emmené Pablo, puis les frères Martìn. Ils s'y retrouvaient pour bavarder, à l'abri.

Plus tard, Eduardo et Pablo avaient tenté d'y ramener des filles. Raul Martìn n'était pas d'accord. Ils s'étaient passés de sa bénédiction.

Leurs ébats n'allaient jamais très loin. Les garçons tentaient d'embrasser les filles, parfois elles acceptaient. Ils tentaient alors de soulever leurs jupes, mais elles poussaient des cris terrifiés. Elles en parlaient. Le secret éventé, il y eut des punitions. Ils abandonnèrent leur cachette.

Pablo poussa la porte de la cave et grimpa l'escalier. Son cœur battait. Il sentait le sang quitter ses joues. Ses mouvements devenaient difficiles. Pourtant, l'adrénaline l'électrisait.

Il venait de passer trois ans à élever des poulets dans la ferme de Don Fernando. Ils avaient trouvé le moyen de s'évader, avec Felipe Guzman. Ils s'étaient montrés plus durs que les durs, et la peur avait changé de camp.

Depuis ce jour, Pablo se sentait tout-puissant. Il

savait qu'il pouvait imposer sa loi. Dans la ferme, il avait été le plus fort. Contre des grands. Des adultes. Des hommes armés de fusils, de machettes. De fouets. Maintenant qu'il était de retour, il voulait éprouver son pouvoir.

Son projet était simple. Il allait courir tout droit sans se retourner, comme un taureau fou, jusqu'à ce qu'un coup de feu l'arrête. Il ferait ce qu'il avait à faire ; ce dont il avait besoin, il le prendrait. Il foutrait la trouille à tout le monde. Il deviendrait le roi, ou il mourrait.

Il passa en flèche devant la loge de l'appariteur et grimpa à l'étage. Chaque pas lui arrachait de petits cris de douleur, mais il tenait bon. Il était près du but. Dehors, affalé sur un banc, Felipe Guzman s'endormait sans doute, harassé par leur fuite. Et lui, Pablo, courait dans l'escalier. Il allait accomplir son destin. La main dans le fond de sa poche se crispait sur le manche de corde. La lame dansait contre sa cuisse. Il avança sur le plancher qui craquait. La porte de la salle de classe était entrouverte. Il la poussa du pied. Don Jaime était là. Penché sur son bureau dans sa blouse grise, les jambes croisées, comme deux branches de lierre maigrichonnes. Il lisait. Il basculait lentement de droite et de gauche, comme pour se bercer. Il avait souvent cette attitude quand une activité l'absorbait.

Pablo frappa deux coups contre la vitre de la porte ouverte. Don Jaime pivota vers lui. Il l'observa au-dessus de ses lunettes. Il l'invita à entrer, sans ménager sa surprise.

Puis il lui tendit la main. Pablo réagit sans réfléchir. Il tira la main de sa poche et serra celle de l'instituteur. Ça lui fit l'effet d'un crochet au foie. Quelqu'un le traitait d'égal à égal. Un grand. Un vieux. C'était la première fois de sa vie. Il sentait contre sa paume la peau rugueuse et les doigts secs, imprégnés de poussière de craie. Des larmes lui montaient aux yeux. Il tourna la tête et le bureau entra dans son champ de vision. La honte le gagna. Il lâcha la main qu'on lui tendait.

Ses doigts retrouvèrent leur place au fond de sa poche, caressant la lame. Ses yeux ne quittaient plus le bureau du maître. Il revoyait les mêmes encoches, les mêmes inscriptions gravées à la pointe de compas. Les taches d'encre qu'il fixait obstinément quand les coups de règle lui tombaient sur les reins. Don Jaime Vasquez ne frappait pas très fort — comparé à d'autres —, mais ses coups étaient bien réguliers. On s'attendait à souffrir. On comptait. Un… deux… À trois, le coup tombait. On savait exactement à quel instant l'arrête de la règle allait s'abattre sur les chairs déjà meurtries. Les muscles se contractaient par réflexe. Ça rendait les coups plus douloureux, et au bout d'un moment, les contractions elles-mêmes faisaient mal.

Les autres pleuraient tout de suite. Ils suppliaient. Pablo serrait les poings sur le cadre de bois, jusqu'à ce que ses phalanges deviennent blanches. Il se répétait toujours les mêmes phrases. Vas-y, cogne, espèce de fils de pute. Fais-toi plaisir. Un jour, je reviendrai. Et je te tuerai.

Don Jaime recula de quelques pas. Il observa l'enfant. Ce n'était plus un enfant. Un garçon. Un jeune homme. Pablo avait été le cauchemar de sa classe, l'un des pires cancres qu'il ait jamais connu. Ça forçait le respect.

Comme la plupart de ses anciens élèves, Pablo avait subi une mutation depuis sa sortie de l'école. Il avait poussé d'au moins vingt centimètres. Ses muscles étaient plus saillants. Ses mains étaient calleuses, maintenant. Ses joues avaient perdu leur rondeur. Son regard s'était durci. Quelque chose de triste habitait ses yeux. Une pesanteur maligne lui était tombée sur le dos, raidissant ses épaules, comme un joug invisible et pourtant bien présent.

L'instituteur faisait tout ce qu'il pouvait pour prévenir les enfants contre la violence du monde. Il leur tapait dessus aussi fort que possible, mais rien n'y faisait. La compassion retenait son bras. Une compassion néfaste. Ceux qui attendaient les gamins à la sortie tapaient toujours plus fort que lui.

— Je suis heureux de te revoir, Pablo. Je ne m'y attendais pas.

Pablo hocha la tête. Il cherchait ses mots. Il se sentait soudain perdu, trahi. Cet enfoiré de Don Jaime ne se comportait pas du tout comme prévu. La route avait été longue depuis la hacienda. Ils avaient eu froid et faim, avec Guzman. Ils avaient dû se planquer.

Pablo avait tenu le coup, grâce à son couteau. Grâce à son projet. Je vais arriver à Sansalina. Je vais aller voir Don Jaime. Il va se foutre de ma gueule. Il va essayer de me frapper. Alors, je le tuerai. Le bruit se répandra. Je me ferai une réputation. Pablo Zorfi est de retour. Il est dingue. Mieux vaut être avec lui que contre lui.

Mais Don Jaime ne jouait pas le jeu. Pablo était ému, flatté. Sa force lui manquait. Il luttait contre les larmes. Il demanda :

— Où sont les frères Martìn ?

L'instituteur sourit.

— À ton avis ?

— Ils travaillent au garage.

— Exactement. Avec leur oncle.

— Et Eduardo ?

— À la Banque Centrale, figure-toi. Il travaille, lui aussi. Il porte un costume.

Pablo ouvrit des yeux ronds. Il siffla d'admiration.

— Qu'est-ce qu'il fait ?

— Garçon d'ascenseur.

— Ah, vous me rassurez.

Don Jaime hocha la tête tristement. La fatalité des gamins de Sainte-Lucie était son fardeau. Aucun ne se voyait devenir autre chose que truand, prostituée, ou, dans le meilleur des cas, manutentionnaire aux entrepôts.

L'instituteur déplia ses longs membres maigres. Il alla s'adosser à la fenêtre. Ils se faisaient face maintenant, comme deux duellistes. Ils pensaient à la même chose. Ils le savaient tous les deux. Chacun attendait que l'autre prenne la parole. Pablo parla le premier, mais Don Jaime fut le plus rapide :

— Et...

— Elle est partie.

L'homme avait parlé vite et fermement. Il affronta le jeune garçon du regard, le temps de s'assurer que son propos lui était bien entré dans le crâne : ne t'occupe plus de Dolores Poinsò. Plus jamais. C'est la seule que j'ai réussi à sauver. Laisse-la tranquille.

Pablo observa ses pieds.

— Je ne sais pas comment on va se débrouiller, dit-il, mais avec les trois frères et Eduardo Mendes, je suis sûr qu'on peut faire quelque chose de bien. On va aider les gens.

— J'en suis convaincu, répondit le maître.

Pablo leva les yeux. Un instant, il eut l'impression de s'envoler. Il retomba en entendant Don Jaime ajouter :

— Ne vous faites pas attraper, c'est tout. Je n'irai pas vous voir en prison.

Il y eut un moment de gêne entre eux, interrompu par la clameur qui montait de la cour. Machinalement, Don Jaime tourna le dos à son visiteur pour regarder par la fenêtre. Les enfants étaient là. L'appariteur ouvrait les grilles. Don Jaime pivota pour faire face à Pablo, s'excusant d'avance, prêt à dire : il va falloir que je te quitte.

Mais la salle de classe était vide. Pablo avait disparu.

Il s'engouffrait dans l'escalier. Il ravalait ses larmes. Ses jambes tremblaient. Il dut ralentir pour ne pas s'effondrer. Il avait faim. Il était épuisé. Il se sentait humilié. Il sortit par la grande porte, traversa la cour, fendant la foule des gamins qu'il dépassait tous d'une bonne tête.

Il savait ce qu'il lui restait à faire. Il serait sans pitié. Il ramasserait des paquets de fric. Il allait être un caïd. Mais pas n'importe quel caïd. Un homme bon. Il ferait des choses bien. Alors, ils allaient comprendre, tous. Même Don Jaime Vasquez, ce connard d'instituteur qui ne comprenait rien à rien. Un jour, Don Jaime lui-même viendrait le voir. Pour lui demander pardon, à lui, Pablo. Il lui dirait : je me suis trompé sur toi. Je t'ai pris pour une petite frappe sans cervelle, mais tu étais mieux que ça. Mieux qu'un caïd. Un seigneur. Tu étais l'homme que cette ville pourrie attendait depuis toujours pour retrouver sa dignité. Pardon. Je me suis trompé. Pardon.

Il aurait tout. L'argent, mais surtout le respect. Et il l'aurait, elle. Où qu'elle soit, il allait la retrouver. Un jour, il allait avoir assez de pognon pour retrouver n'importe qui, n'importe où sur cette putain de terre. Il lui amènerait la ville sur un plateau d'argent, et elle dirait oui. Et avec elle, il partirait à la conquête du monde.

Toute la ville serait à leurs pieds. Il y aurait son portrait dans les écoles, et les sales petits instituteurs de merde diraient aux connards d'enfants crasseux : voilà l'homme qui nous a sauvés. Levez vos culs de vos bancs, pauvres minables, car c'est à lui que vous devez votre éducation, la paix et le bonheur. Cet homme a fait construire des hospices. Des tas d'artistes foireux vivent à ses crochets. Il a formé des hommes de main, qui sont allés chez vous. Non pas pour vous extorquer une part de vos gains minables. Pour casser la gueule à vos pères. Pour leur dire d'arrêter de vous cogner. Grâce à lui, l'usage de la règle en fer est interdit dans les écoles de Sansalina. Alors levez-vous, bande d'abrutis, et quand vous chantez votre hymne à la con, pensez à lui, le héros de Sansalina. Et pleurez, s'il vous reste un peu de cœur. Pleurez toutes les larmes de votre corps.

Pablo était dans la rue, maintenant. Il atteignit le banc où Felipe Guzman s'était endormi, et le réveilla d'un coup de pied.

Il lui fit signe de le suivre. Le marché battait son plein. Les petzouilles en avaient plein les poches. Il y avait sûrement deux trois ronds à se faire, en se fondant dans la foule et en restant discrets.

Tres Piedras, la hacienda de Don Fernando, avait compté jusqu'à quatre mille poules, deux cents têtes de bétail, des plantations de fourrage, de céréales et de canne à sucre. Plus à l'est, Don Fernando possédait aussi une quinzaine de petites exploitations touchant aux faubourgs de Sansalina. La terre y était aride et sablonneuse. Don Fernando ne perdait pas son temps à l'exploiter lui-même. Il la confiait à des métayers.

Une métairie pouvait rapporter deux cents pesos par mois à la famille qui l'exploitait. Le loyer habituel était de cent soixante pesos. Don Fernando fournissait aux familles des feuilles de coca et quatorze litres d'alcool de blé.

Peu de métayers arrivaient à tenir avec quatorze litres. En fin de mois, ils déprimaient à cause du loyer à payer. Ils descendaient en ville. Ils se saoulaient à mort, en claquant l'argent qu'ils n'avaient pas.

Les femmes encore jeunes arrivaient à se prostituer un peu. Les autres faisaient des ménages.

Elles parcouraient dix à quinze kilomètres à pied pour rejoindre le centre-ville. On les trouvait, assises sur les trottoirs, Plaza del Teatro. Mois après mois, les dettes s'accumulaient.

Les hommes de Fernando battaient la campagne pour récupérer les loyers. Au passage, ils repéraient les garçons valides. Le moment venu, Don Fernando venait en personne. Il présentait la note et emportait les enfants. En échange, on tirait un trait sur la dette. Pour un temps, les parents étaient soulagés. Les couples qui n'arrivaient pas à avoir d'enfant ne risquaient pas de s'en sortir.

Le tour de Pablo Zorfi était venu un soir de 1909. En rentrant de l'école, il vit deux chevaux et une mule attachés devant l'entrée de la ferme. La mule était pour lui.

Fernando était un petit homme gras, aux dents pourries par la chique. Il portait un fouet à la ceinture, un de ceux dont on se sert pour dresser les chevaux. C'était une coquetterie. Don Fernando n'élevait pas de chevaux. Il élevait des poules.

La route était longue jusqu'à la ferme. Le maître avait des hémorroïdes. Des problèmes de prostate. Il devait souvent s'arrêter.

Pablo avait du chagrin. Il savait qu'il n'allait pas revoir les copains de sitôt. Il en voulait à son père. Pas de l'avoir vendu. De l'avoir vendu pour rien. Pablo savait qu'il avait au moins une valeur marchande. Il en avait vu partir avant lui. Des voisins.

Parfois, les pères avaient marchandé. Ils avaient au moins obtenu qu'on tire un trait sur la dette. Le vieux Ramon n'avait rien tenté. Il avait vendu Pablo pour deux bouteilles de gnôle. Il s'était fait arnaquer.

Ramon Zorfi ne se gênait pas pour rappeler à Pablo les sacrifices qu'il avait faits pour lui. S'il avait fait tant de sacrifices, peut-être que Pablo avait de la valeur ? Cent pesos ? Cinquante pesos ?

D'abord, Ramon parlait de ses sacrifices, puis il traitait son fils de tous les noms. Et, quand il avait fini de l'engueuler, quand il arrivait à cours d'arguments, il détachait sa ceinture.

Pablo n'avait pas connu sa mère. Il était trop petit. Il avait quelques souvenirs, mais il ne savait pas s'il s'agissait de vrais souvenirs, ou d'images inventées à partir de ce qu'on lui avait dit d'elle. Ou bien il confondait avec une autre femme. Une voisine, qui serait venue à la ferme de temps en temps. En revanche, il avait eu un chien qui s'appelait Cabròn. Il l'aimait bien. Quand Pablo arrivait à échapper à son père, le vieux Ramon se défoulait sur le chien.

Un soir, Ramon avait tué le chien. Ça, Pablo le savait. Il l'avait vu de ses yeux.

Il y avait deux croix, derrière la maison. Une croix pour sa mère, une croix pour le chien.

Le chien, c'est Pablo qui l'avait enterré. C'est lui qui avait fait la croix. C'était un soir d'automne. On sarclait les champs. Dans la maison, le vieux Zorfi ronflait.

Ils atteignirent la ferme au milieu de la nuit. Pablo couchait dans une baraque de bois avec les autres garçons. Ils se levaient à quatre heures pour récolter les œufs. Ils les chargeaient dans des caisses rembourrées par un fond de paille. À midi, ils devaient prendre les poules marquées pour l'abattage. Ils les tuaient, les plumaient et les évidaient. Le soir, ils entretenaient les granges et les poulaillers. Ils nettoyaient les appartements de Don Fernando et de ses hommes. Ils préparaient les repas et les servaient.

Les hommes qui les surveillaient portaient une tige de bois pendue au poignet. Don Fernando se réservait le privilège du fouet. Un œuf cassé valait dix coups de badine. Une incorrection, c'était le fouet.

Un regard de travers était considéré comme une incorrection.

Il y avait une hiérarchie au sein de la ferme, régissant les rapports du maître à ses hommes, des hommes aux enfants, et des enfants entre eux.

Don Fernando avait un préféré. Plus grand, plus fort et plus vicieux que les autres. Il s'appelait Tito Bobim. Il travaillait à la forge. Il s'était fabriqué un couteau, avec une lame courte et pointue, et un manche en fil de chanvre. Il avait le droit de le garder.

Il se levait une heure après les autres. Il était servi en premier. Il dénonçait les vols, les tentatives de fugue. Il faisait régner la terreur.

Felipe Guzman était sa tête de Turc. C'était la tête de Turc de tout le monde. Parce qu'il était doux et calme.

Les hommes de Fernando lui donnaient des surnoms féminins. Ils gloussaient.

Quand un conflit éclatait entre les enfants de la ferme, Don Fernando ordonnait la justice. Il y mettait les formes. Les belligérants étaient attachés l'un à l'autre par une lanière de cuir. Ils devaient se battre jusqu'à ce que Don Fernando en décide autrement. S'ils mollissaient, le fouet était là pour les rappeler à l'ordre. Tous les habitants de la hacienda assistaient au combat, qui se tenait dans la cour intérieure.

Un soir Pablo prit Felipe Guzman à part. Il lui dit à l'oreille, par-dessus une pile d'assiettes :

— On se tire demain, d'accord ?

— D'accord. Comment qu'on fait ?

— J'ai un plan. On va foutre le bordel. Je suis fort pour ça.

Guzman haussa les épaules. Son cœur s'était mis à battre plus fort. Celui de Pablo aussi. Il n'avait pas de plan. Mais l'esclavage le rendait mauvais. Il devenait irritable. Il se mettait à détester tout le monde. Les adultes pour leur cruauté et leur fainéantise. Les autres enfants pour leur servilité. Il rêvait de sang.

Le lendemain matin, il serra Tito Bobim de près. Il savait que Bobim allait charrier son ami Guzman, tôt ou tard. À la moindre remarque, Pablo lui sauterait dessus. Il passa toute la journée à observer et à haïr.

Quand elle n'est pas provoquée, la colère s'entretient. Pablo suivait Bobim. Il le voyait prendre ses doubles rations de nourriture, traîner après les pauses. Pablo ressassait les injustices, il engrangeait de la colère. Il se montait le bourrichon. Peut-être manquait-il de discrétion. Car Bobim avait l'air de sentir quelque chose. Il se tenait à l'écart.

Les heures tournaient. Arriva celle du repas. Bobim n'avait toujours pas adressé la parole à son souffre-douleur habituel. Pablo avait épluché les légumes. Il avait servi la soupe sur la table, dans la cuisine. Il était tard. Don Fernando et ses hommes avaient mangé, les gamins attendaient leur tour. Tout le monde avait faim, tout le monde attendait. Bobim traînait dans la cour, jacassant avec deux comparses qui lui servaient de faire-valoir. On les voyait à travers la fenêtre.

Pablo était assis sur le banc avec tous les autres. Il regardait la marmite où il avait fait cuire et broyé ses légumes. Il sentait monter la colère. Pas ce sentiment confus, entretenu par la jalousie et la réflexion, qui l'avait habité toute la journée. Un élan pur et brutal. La rage. C'était le moment. Il se leva de son banc. Il prit une assiette en terre et une cuillère. Il se servit et s'installa à table. Les autres étaient restés assis, ils l'observaient dans un silence craintif.

Pablo lapait sa soupe à grands bruits. Il n'en éprouvait aucune satisfaction. Il était anxieux. Il attendait la suite.

Dehors, un garçon poussa Tito Bobim du coude et lui indiqua ce qui se passait à l'intérieur. Bobim eut un instant d'hésitation, puis il sursauta. La machine était lancée.

Bobim entra dans la salle avec fracas. Il vint se placer devant Pablo, qui l'affrontait du regard.

Bobim se tourna vers les autres, avec un air étonné. À la fois pour dire : « Vous voyez ce que je vois ? » Et pour s'assurer que tout le monde était effrayé et docile. Puis il se tourna vers Pablo.

— Alors, paysan, tu connais pas les règles ? Il faut qu'on t'explique ?

« Paysan » était l'insulte suprême. Pourtant, les gamins de la ferme l'étaient tous. Ceux qui prenaient l'initiative d'employer ce terme pour les autres se donnaient l'impression de l'être un peu moins. Pablo ne releva pas. Il s'agissait de garder l'avantage psychologique. En même temps, il se rendait compte qu'il avait commis une erreur. Il était assis, et l'autre debout. Ça, c'était un avantage stratégique important. Ça risquait de jouer contre lui dès que son adversaire aurait retrouvé tous ses moyens.

Pablo posa lentement sa cuillère et s'écarta de la table, en faisant traîner les pieds de la chaise.

— Quelles règles ? répondit-il. Celles qui disent : « les branleurs mangent en premier » ? Moi j'en ai une autre : « J'ai fait la soupe, je la mange quand je veux ». Je ne suis pas ton valet.

Pablo eut juste le temps d'esquiver le coup. D'un geste vif, Bobim avait fait valser l'assiette de soupe. Pablo s'était levé avec précipitation. La chaise tomba à la renverse.

Bobim avait perdu son avantage stratégique. Il était maintenant courbé sur la table. Pablo saisit son bras et lui asséna un coup de poing sur la tempe. Bobim réagit brusquement, en tirant le bras vers l'arrière. Pablo fut emporté. Il était beaucoup moins costaud que Bobim. Il avait intérêt à bouger rapidement, s'il voulait rester vivant.

Pablo sentit s'abattre un coup terrible sur l'arrière de son crâne. Son menton heurta brutalement la table. Il eut juste le temps de s'esquiver et de tomber à la renverse. Il était sonné. Il se remua. Bobim avançait vers lui, en crabe. Pablo s'arcbouta et, posant les deux pieds sur le bord de la table, la balança sur son adversaire. Ça lui donna juste le temps de se mettre debout. Bobim chargeait. Pablo tenta une feinte classique du pied. L'autre baissa sa garde. Pablo envoya un coup de poing de toutes ses forces, en faisant basculer le poids de son corps, en visant le nez. Tout ce qu'il pouvait donner. Bobim eut le temps de tourner le visage. Le coup s'abattit sur la pommette. Pablo sentit ses chairs s'écraser douloureusement sur l'os.

Bobim lui imprima une poussée des deux mains sur la poitrine. Pablo alla valser dans le décor.

Tito Bobim encaissait sans problème les pires coups de Pablo. Et il n'avait pas l'air de se fatiguer pour envoyer Pablo au sol. Il fallait changer de tactique, arrêter de la jouer gentiment, d'homme à homme. Il fallait ruser. Chercher les coups qui font mal.

Pablo en était à ces réflexions, pataugeant dans la soupe brûlante et les éclats de vaisselle, attendant le coup de son adversaire qui fonçait sur lui comme un buffle, quand un claquement de fouet retentit dans la pièce.

C'était Don Fernando. On avait interrompu sa partie de cartes. Il était furieux.

Plateau du Narral, 14 avril 1927

La chaleur était retombée avec le crépuscule. Guzman et Dolores avaient repris la route. Après quelques kilomètres, le moteur avait surchauffé. Des volutes de vapeur d'eau s'élevaient du capot. Guzman déclara :

— Le radiateur est mort. C'est rien.

Il ralentit l'allure et se mit à scruter le bord de la route. Il était de plus en plus nerveux.

— *Joder !* Il y avait pourtant une source, dans le coin…

Il finit par la trouver.

Il arrêta la voiture, se gara sommairement sur le bas-côté, et souleva le capot. Il se munit d'un gobelet en zinc et entreprit d'asperger le moteur. Les nuages de vapeur s'estompèrent. Guzman invita la jeune femme à descendre :

— Il y en a pour un petit moment. Profitez-en.

Elle vint le rejoindre. Il continuait de puiser à la source. Il remplissait son gobelet et le versait méticuleusement sur les pièces métalliques. Le moteur se contractait en gémissant.

Dolores observa l'homme en silence. Felipe Guzman pouvait se montrer maladroit sous le coup de l'émotion, mais il ne manquait pas de grâce. Ses doigts étaient fins, ses gestes lents et souples. C'était, parmi les Buenhombres, le membre le plus féminin. Toutes périodes confondues. Dolores incluse.

— Qu'est-ce qui vous fait rire ? demanda-t-il.

— Vous, dit-elle. Vous n'avez rien d'un gangster, en fait.

— On est pas des gangsters. Les frères Martìn ne sont… N'étaient pas… Oh, *chinga*…

Il s'effondra comme un pantin dont on vient de couper les fils. Le gobelet tomba en rebondissant sur la carrosserie. Guzman enfouit son visage entre ses mains et se mit à pleurer.

Dolores était désorientée. Elle savait que Guzman était épuisé. Depuis le début de leur voyage, elle s'était attendue à une réaction de ce genre. Puis sa propre panique s'était estompée. Elle n'y avait plus pensé.

Elle s'accroupit près de lui et lui toucha la nuque. Il avait la peau très douce. Elle éprouva des sentiments ambigus. Elle se laissa aller. Son mari, le docteur Aguila, ne dégageait aucune ambiguïté. Elle massa délicatement la nuque de Guzman. Les sanglots cessèrent progressivement.

Guzman prit la main de Dolores et la dégagea de sa nuque. Il se remit sur pied.

— Qu'est-ce que je peux faire pour vous ? demanda-t-elle.

— Ça va aller, vous en faites pas.

— Je parlais de ma présence ici, sur cette route avec vous. Pourquoi êtes-vous venu me chercher ? Qu'est-ce que vous attendez de moi ?

Guzman se baissa pour ramasser le gobelet. Il reprit son aller-retour de la source au moteur.

— Pablo a perdu le contact avec nous. Depuis ce temps-là, tout est devenu bizarre et inquiétant. Avant, quand on était avec lui, la vie était souvent dure, violente, mais on comprenait ce qui se passait. Untel n'a pas payé, il faut brûler ses entrepôts... Untel nous a trahis, il faut l'abattre.

Dolores se détourna brusquement.

— Ça va, merci, dit-elle avec un geste de dédain.

Mendes s'emporta.

— Prenez pas vos grands airs. Vous savez très bien ce qu'on fait. Je vous dis les choses telles qu'elles sont. Vous n'avez pas de leçons à me donner, parce que de toute façon... De toute façon...

Elle marcha vers lui.

— De toute façon, quoi ?

— Vous aussi, vous êtes dure, dit-il d'une voix éraillée, plaintive. Vous êtes pire que moi. Vous êtes plus dure que les frères Martìn, peut-être même plus que Mendes. Vous n'avez aucune limite, vous êtes comme Pablo. Vous savez ce que vous voulez, et vous êtes prête à tout pour y arriver.

— Qu'est-ce qui vous fait dire ça ?

Guzman restait silencieux. Comme si la réponse de l'énigme se lisait sur les traits de la jeune femme qu'il contemplait d'un œil morne. Leurs visages se touchaient presque. Le sang montait aux joues de Dolores, Guzman était livide.

— Pas au point d'incendier des immeubles, hurla-t-elle. Pas au point de tuer des gens !

— Qu'est-ce que vous en savez ?

La réponse de Guzman lui coupa le souffle. Il en profita pour enfoncer le clou.

— J'attends le jour où vous aurez une arme entre les mains. Je vous vois très bien défoncer le crâne de quelqu'un à coups de pelle. Sans aucun problème.

Elle remua la tête. Elle fit un tour sur elle-même.

— Arrêtons cette discussion, d'accord ?

— D'accord, dit-il.

Il se sentait faible. Il se pendit au capot de la voiture. Elle s'approcha de la fontaine, passa de l'eau sur ses joues, ses bras et s'affala le long de la route. Il vint la rejoindre.

— Depuis quelque temps, il se passe des choses bizarres. Pablo va mal. Les frères Martìn disent que si quelqu'un a le pouvoir de calmer Pablo, c'est vous. Et puis, des gens sont venus chez moi. Ils ont tabassé ma femme. Ils vous cherchaient. Alors, ça s'est précipité.

Dolores leva les yeux au ciel.

— Je suis flattée, dit-elle. Mais j'ai du mal à vous croire. Vous avez risqué votre vie pour que Pablo profite de la présence réconfortante d'une amie d'école qu'il n'a pas revu depuis des années, c'est ce que vous êtes en train de me dire ?

— Les femmes se rendent pas compte, répondit Guzman. Elles ont ce truc, cette force. Elles peuvent nous rendre fous, ou sages. Avec Raquel, c'est pareil. Raquel, c'est ma femme. Enfin, mon amie, quoi. J'ai pas peur, quand elle est là. J'ai pas besoin de boire, de frimer, de parler fort, de porter une arme. Je me sens juste bien. Paisible. Quand je lui dis ça, elle rit toujours. Elle rit ou elle se fout en pétard. Elle dit : « Y a des mecs qui se sont fait tuer pour moi, et toi tu dis que tu m'aimes parce que je te rends paisible ? Je vais te casser la gueule ! »

Il eut envie de rire, mais il pensait à la douleur qui les entourait, à celle qu'ils portaient en eux. Alors il se retint, mais l'envie demeurait. Il sentit que Dolores l'observait. Il se tourna vers elle et croisa son regard. Des rides de joie apparaissaient au coin de ses yeux. Elle partageait son sentiment. Elle laissa échapper un petit hoquet. Il répondit par un sourire. Elle s'enhardit. Bientôt ils éclatèrent ensemble, bruyamment, sans crainte d'être entendus, que par la solitude.

Sansalina

Don Jaime Vasquez déplia son corps immense et quitta son bureau. Il croisa le regard de l'homme nu, cloué sur sa croix au fond de la salle de classe. Il se demandait soudain s'il croyait encore en Dieu. Pour chasser cette idée de son esprit, il appliqua les paumes sur ses yeux clos et les frotta vigoureusement.

Le silence qui envahissait l'école à sept heures du soir l'effrayait. L'homme avança vers la fenêtre. Il aurait aimé un ciel lourd, chargé de menaces, comme dans la littérature. Mais rien de tel. Rien n'annonçait l'orage. Un char à bœufs transportant des tonneaux d'huile passait lentement sur la place ; plus loin, un homme venait de bousculer une jeune femme et partait sans s'excuser.

Don Jaime avait perdu le sommeil. L'avant-veille, deux hommes étaient venus le voir. Des hommes en costumes rayés. Don Jaime connaissait l'un d'eux. Agustìn Martìn. Il l'avait eu comme élève.

Ce n'était pas un mauvais garçon ; il aurait pu lire les stoïciens grecs et en tirer parti. S'il n'avait pas commencé à travailler au garage avec ses frères à l'âge de quatorze ans, dix heures par jour. S'il n'avait pas passé le reste de son temps à ruminer des mauvais coups, en tirant à la carabine sur des boîtes de conserve.

L'autre était totalement inconnu du vieil instituteur. Il avait la trentaine. Les tempes précocement grises et dégarnies. Il était nerveux. Il battait la mesure du bout du pied. Les deux hommes étaient sans doute venus armés à l'école. L'idée qu'un vieillard pacifique considérât ce geste comme une injure ne leur avait pas effleuré l'esprit.

Agustìn avait dit : Pablo va très mal. Une guerre se prépare. Aidez-nous à retrouver Dolores Poinsò. Don Jaime avait été tenté de profiter de la situation. Il aurait voulu les taquiner un peu. Juste retour des choses : depuis quinze ans, Pablo, les frères Martìn et leur bande incendiaient des boutiques. Ils cassaient des grèves, frappaient des femmes pour les forcer à se prostituer. Apparemment, le vent venait de tourner. Ils se retrouvaient soudain du mauvais côté du fusil.

Mais Agustìn Martìn ne lui en avait pas laissé le temps. Il parlait d'une voix hâtive, mangeant ses mots. Dolores est en danger, disait-il. Des hommes la cherchent. Ils vont la tuer.

Don Jaime l'avait cru. Il sentit ses genoux fléchir. Il eut besoin de s'asseoir. Il leur parla de Dolores

Poinsò. Il donna son nouveau nom. Aguila. Il leur dit qu'elle était mariée, qu'elle avait un enfant. Qu'elle travaillait à la bibliothèque de Chazcùn. L'homme aux tempes grises souleva une paupière : « La… quoi ? »

Agustìn griffonna quelques mots dans un calepin, et ils quittèrent l'école, traversant la cour à petites foulées. Ils montèrent dans une voiture légère, tirée par deux chevaux, et ils disparurent.

Maintenant, Don Jaime pensait à tout ce qu'il ne leur avait pas dit de Dolores.

Il l'avait sauvée. Il l'avait épargnée, des années durant, comme une fleur fragile et rare, trouvée par miracle au fond d'un terrain vague. Quand elle était partie, ils avaient échangé des lettres. Une première fois, Don Jaime avait cru la perdre.

Elle s'ennuyait, à la mairie. Elle avait un rêve. Elle voulait construire une bibliothèque. Elle allait prendre sa place dans la danse du monde.

Don Jaime s'inquiétait. Dolores en faisait trop. Elle effrayait tout le monde. Elle poursuivait les gens dans les couloirs. Elle entrait comme une furie dans le bureau du maire. Elle perdit sa place. Elle n'en chercha pas d'autre. Elle cessa d'écrire, pendant plusieurs mois.

Soudain, Don Jaime reçut une lettre. Dolores triomphait. Elle y racontait sa victoire. Elle faisait signer une pétition à des paysans analphabètes, quand des hommes de la mairie étaient venus la trouver. La bibliothèque était en construction. On l'avait nommée pour la diriger. Don Jaime n'en avait pas cru un mot. Il s'était dit : ça y est, cette fois, elle est folle.

Mais c'était vrai. On avait inauguré la bibliothèque de Chazcùn un an plus tard. Les journaux en parlaient jusqu'à Sansalina. Quelque chose s'était produit. Un miracle.

Dolores avait remis les pieds sur terre. Ils avaient continué de s'écrire.

Maintenant, deux hommes venaient de prendre la piste. Dans quelques heures, ils seraient à pied d'œuvre. Peut-être étaient-ils déjà sur place. Peut-être était-il déjà trop tard.

Don Jaime joignit les mains en les serrant fort, affalé contre le cadre de la fenêtre. Il pensait à l'avenir et s'efforçait de croire en des jours meilleurs, malgré tout. Ce que les croyants appellent prier. Que pouvait-il faire d'autre ?

Tu nous as débarrassé de pas mal d'ordures.

Tres Piedras, 1er mars 1912.

Il était onze heures du matin. Le soleil oblique mais déjà brûlant éclairait la cour intérieure de la hacienda. Le tour était joué, Pablo avait ce qu'il voulait. Il était attaché par le poignet à une cordelette en cuir ; l'autre extrémité fixée au poignet de Tito Bobim, à deux mètres de distance. Ils étaient torse nu, face à face. Tout le monde était réuni. On les observait dans un silence religieux.

Pablo avait ce qu'il voulait, et il n'était pas certain d'avoir fait le bon choix.

Don Fernando trônait en arbitre, le fouet à la main, sur le perron. Ses hommes se tenaient à l'ombre des coursives. Les gamins restaient à distance. Seul Felipe Guzman s'était avancé de quelques pas. Il observait la cour en se tordant les mains. Il pensait au plan de Pablo. Il se demandait quand ce fameux plan allait se révéler.

Pour l'instant, Tito et Pablo se tenaient à distance. La lanière de cuir était tendue. Ils tournaient lentement, dans un sens puis dans l'autre, chacun évitant d'avoir le soleil dans les yeux.

Pablo observait son ennemi. Une idée l'obsédait depuis la veille, quand Don Fernando avait fait irruption dans la salle à manger pour les séparer. On avait fouillé Pablo. On l'avait ligoté. On avait enchaîné Bobim à une conduite d'eau, mais on ne l'avait pas fouillé. Et Bobim avait un couteau.

Don Fernando brandit son fouet.

— Que le meilleur gagne !

Le fouet s'abattit.

Bobim prit l'initiative. Il fit un mouvement vers Pablo. De pure feinte. Quelques pas en avant, en poussant un cri, pour le tester. Pablo resta impassible. Bobim reprit ses distances. Il se baissa, saisit un caillou et le lança vers Pablo. Pablo esquiva.

La ronde avait commencé. À chaque mouvement des gladiateurs répondait une rumeur dans l'assistance. Le public était galvanisé. Les combats n'étaient pas rares à Tres Piedras, mais Tito Bobim n'y prenait jamais part. Personne ne s'était jamais attaqué à lui. Les chances de Pablo étaient maigres, mais s'il gagnait, il prendrait la place de Bobim. Il serait le nouveau chouchou.

Si Bobim perdait, personne ne saurait que faire de lui. Il ne reprendrait pas la place qu'il avait avant d'être l'aspirant de Fernando. Sa place d'esclave. Pablo ne pouvait pas se contenter de gagner. Bobim ne pouvait pas laisser vivre un type qui l'avait provoqué publiquement.

Pablo tenta un coup tordu. Il bondit en avant, enroula le fil de cuir autour de sa taille et tenta de basculer en arrière, pour déstabiliser son adversaire. Il tira de toutes ses forces, mais Bobim tint bon. Et le coup se retourna contre Pablo. Il avait un bras entravé maintenant. Bobim lâcha du lest, en avançant brusquement. Pablo perdit l'équilibre, il se rétablit en reculant. Bobim répéta sa manœuvre. Pablo recula encore. Il sentit une botte le frapper aux reins, pour le remettre dans l'arène. Pablo s'affala sur le ventre. Des éclats de rire fusèrent. Il se releva vivement, craignant que son adversaire ne profite de la situation. Mais Bobim avait cédé à sa vanité. Il se tournait vers l'assistance, pour jouir de sa victoire.

Un peu trop tôt. Pablo bondit vers lui, les deux poings serrés, les bras contractés sur sa poitrine. Cette fois, il réussit à cueillir Bobim à la mâchoire. Bobim chancela.

Pablo recula d'un pas pour reprendre de l'élan et tenta un coup au foie. Bobim l'avait vu venir. Il esquiva en déroulant le bras, et ils tombèrent poitrine contre poitrine.

Le fouet de Don Fernando fendit l'air. Il vint claquer à quelques pas des combattants. Ils s'écartèrent l'un de l'autre, d'un geste également hautain. Ils étaient déjà essoufflés.

La ronde reprit. Pablo sentait monter la peur. Bobim le prenait pour un rigolo. Il était sûr de l'écrabouiller. Il avait raison. Avec la peur, montait aussi la rage. Le coup de sang. Pablo ne savait pas s'il était capable de tuer Bobim, mais il en avait envie, maintenant. Il ne fallait pas céder. Il fallait garder la tête froide. Souviens-toi que Bobim n'est qu'un pion. Le combat, une mascarade. Ne t'épuise pas. Calme-toi.

Pablo jouait à l'esquive. Le temps de trouver le mouvement qui l'amènerait à pied d'œuvre. Bobim était plus fort, mais légèrement plus lent. Pablo arrivait à éviter ses coups. Et Bobim s'énervait. Il frappait de plus en plus fort, dans le vide. Il prenait de plus en plus d'élan. Il oubliait sa garde. Il tenta un direct que Pablo évita en pivotant. Il voulut frapper du gauche en écartant les bras. Pablo s'accroupit. Le coup passa tout près. Pablo sentit le souffle sur son front. Il était temps de s'y mettre. Pablo bondit, poings en avant, et glissa entre les jambes de Tito Bobim. Le public éclata de rire. Pablo continuait de faire le clown. Bobim allait le massacrer.

Mais Pablo savait ce qu'il faisait. Il bascula en arrière. Le fil se tendit. Le poignet de Bobim fut emporté entre ses jambes. Pablo se mit à courir en cercle, le poignet au ras du sol. Les gamins se tordaient maintenant, devant ce combat qui devenait comique. Le fil s'enroulait autour des genoux de Bobim, qui tomba en avant. Pablo bondit sur ses épaules.

Il enroula le fil autour de son cou et serra. Il restait juste assez de mou. Les rires cessèrent brusquement.

En un instant, les joues de Tito Bobim devinrent écarlates. Il poussa des cris gutturaux.

Don Fernando tenta d'intervenir. Il hurlait. Il fit claquer son fouet.

Pablo s'attendait à un coup vicieux. Bobim allait tenter de l'atteindre aux yeux, ou aux couilles. Mais non. La main libre de Bobim battait contre sa jambe. Il cherchait quelque chose. Pablo s'étendit de tout son long ; il atteignit le mollet de son adversaire et comprit. Le couteau était là. Noué à la cheville par des morceaux de draps. Pablo s'en saisit. Il le cacha contre sa poitrine en attendant. Bobim suffoquait. Don Fernando s'énervait. Il descendait vers eux en faisant claquer son fouet. Un premier coup s'abattit sur les épaules de Pablo. Pablo serra les dents. Il devait faire comme s'il ne sentait rien. Comme si la fureur l'anesthésiait. Il fallait que Fernando s'approche encore.

Pendant ce temps, il tranchait la lanière de cuir.

Fernando frappait de plus en plus fort. Les coups étaient douloureux, mais le plus redoutable, c'était le mouvement de recul, quand la lanière se retirait en brûlant la chair.

Le visage de Bobim était bleu maintenant. Il résistait de moins en moins. Il fallait que cette putain de lanière cède, sinon Pablo allait tuer Bobim. Fernando était excédé. Il se pencha vers Pablo et le saisit par l'épaule.

L'expression de son visage changea brusquement. Fernando était surpris. Pablo était libre de ses mouvements. Il était calme, en pleine possession de ses moyens. Il avait un couteau à la main.

Pablo profita de la surprise. Il saisit Fernando par la ceinture et plaqua la lame sur son cou. Don Fernando leva les mains en signe de paix. Son fouet tomba. Les hommes avaient saisi leurs armes. Fernando les supplia de ne pas tirer.

Ils ne l'auraient pas fait, de toute façon. Disposés comme ils l'étaient, en cercle autour de la cour et se faisant face, ils se seraient entre-tués s'ils avaient ouvert le feu.

Mais Fernando continuait de balbutier :

— Ne tirez pas, ne tirez pas…

Sa voix était de plus en plus plaintive. Il cédait à la panique. Par jeu, Pablo fit tourner le couteau, appliquant la lame contre la peau, sur l'artère qui palpitait. Fernando tremblait comme une feuille.

— Non, pitié…

Sa voix n'était plus qu'un murmure. Un murmure de fillette.

— C'est bon, dit Pablo. Ça suffit, maintenant. Ferme-la.

Il avait besoin de réfléchir. Il lui fallait des chevaux. Des armes, même s'il ne saurait pas s'en servir. Il allait fuir avec Guzman, rejoindre Sansalina, et se perdre dans la ville. Mais la route était longue, les hommes de Fernando avaient tout le temps de les rejoindre. Comment faire ?

— Pitié…

Pablo s'aperçut que son poing était crispé sur le manche du couteau. Il haïssait Fernando maintenant, plus que jamais. Beaucoup plus que quand Fernando se comportait en maître et semait la terreur. La chance avait tourné, il avait perdu tous ses moyens. Ce n'était pas un dieu. Loin de là. Ce n'était qu'un vieillard avec un fouet qui terrorisait des enfants. Un minable qui tenait mal en selle. Un faible qui jouait aux forts. Il tentait de faire croire que le monde appartenait aux plus durs. Ce n'était pas un dur. Pourtant le monde était à lui. Mensonge. Le moment était venu de savoir lequel d'entre eux était le plus féroce.

Soudain le sang jaillit. Au milieu d'une supplique, Don Fernando fit silence brusquement. Pablo comprit avec un temps de retard ce qu'il venait de faire. La lame du couteau n'était plus appuyée au cou de son ancien maître. Une large plaie s'était ouverte à la place. D'où le sang jaillissait. Don Fernando ouvrait des yeux immenses sur le garçon qui venait de lui apporter la mort.

Un instant il tenta de poser les mains sur sa plaie, mais rien n'y fit. La vie le quittait par jets réguliers d'un liquide sombre et poisseux. Sa chemise était rouge maintenant. Le sable autour de lui était rouge. Il s'effondra.

Il y eut un instant de consternation. Une contemplation morbide avait envahi l'assistance. Les hommes, surtout, étaient désemparés. Il fallait abattre Pablo, c'était sûr, mais comment ? Qui en prendrait l'initiative ?

Ils se tenaient là, en cercle, leurs armes à demi levées, s'interrogeant mutuellement du regard, quand la rumeur monta derrière eux.

Si le sens de la scène avait échappé aux hommes de la hacienda, les enfants n'en avaient pas perdu une miette. Tito Bobim était au sol, il suffoquait et crachait comme un crapaud, en avalant de la poussière. Don Fernando était mort. Tout ce qui leur faisait peur avait disparu. Ils étaient les maîtres, maintenant.

Il y eut un murmure, puis un grondement. Les hommes hésitaient. Ils tournaient en rond, sans savoir qui prendre en joue. Les enfants bondirent sur eux, il y eut des coups de feu, des cris, qui se perdirent dans la mêlée. Les hommes tentaient de se couvrir sous les coups de bâton, de poing, d'ongles ; les morsures.

Pablo traversa la cour à la recherche de Felipe Guzman. Il le trouva bientôt, qui errait au milieu de l'enchevêtrement de corps en furie. Pablo le tira par la manche. Il ne fallait pas attendre la fin de la bataille. Il fallait partir, tout de suite.

Il était libre maintenant, c'était l'essentiel. Il pensait à Sansalina. Aux Buenhombres. À Jaime Vasquez.

Il était libre, il avait prouvé sa puissance. Il revenait en ville. Il avait un couteau.

Leur premier jour de liberté dans la grande ville, Felipe Guzman et Pablo Zorfi le fêtèrent en prison. Après avoir quitté Don Jaime, ils étaient allés au marché. Ils avaient voulu voler des galettes de mais, et les flics leur étaient tombés dessus.

Pour sortir, il fallait payer une amende de vingt pesos. Ils ne les avaient pas.

La cellule était surpeuplée. Les seules places libres étaient près du seau. Le seau était plein. Les clochards qui s'en servaient ne s'embarrassaient pas de savoir si les éclaboussures gênaient leurs compagnons de cellule.

Pablo enrageait. Il pensait aux hommes de Don Fernando qui les cherchaient sûrement. Les flics seraient bientôt au courant. Les hommes de la hacienda offriraient bien plus de quarante pesos pour le plaisir de dépecer les deux fouteurs de merde qui avaient ouvert la gorge de leur patron.

Pablo regardait Guzman. Toujours semblable à lui-même. Impassible et doux. Guzman l'énervait. Il ne savait pas pourquoi. Son calme, peut-être, en toute circonstance. Pablo avait l'impression que, où qu'il aille, Guzman le suivrait sans hésiter. Jusqu'en enfer. Pablo regarda autour de lui. Les murs ternes couverts d'excréments et d'obscénités. La lumière blafarde et déclinante qui passait par la lucarne. Les rares paroles qui n'étaient qu'injures. Le vide. L'inaction.

Ce n'était pas exactement l'enfer. C'était le trou du cul de l'enfer. Un endroit tellement triste, nauséabond et sordide que le diable ne s'y risquerait pas. Il s'ennuierait à mourir.

— Pourquoi tu m'as suivi ? demanda Pablo.

Guzman haussa les épaules. Il souleva les sourcils, sans répondre.

Pablo soupira. On se demandait parfois si Guzman n'était pas stupide.

— Tu regrettes rien ? T'es content d'être là ?

Guzman hocha mollement la tête. Pablo eut envie de le prendre par les épaules et le secouer brutalement.

— Non, je suis pas content d'être là. Mais je regrette pas la hacienda.

— Pourquoi tu me casses pas la gueule ? C'est de ma faute si on est là.

— C'est notre faute à tous les deux. Et puis, ça pourrait être pire.

Pablo écarquilla les yeux.

— Pire qu'ici ? Même chez Fernando c'était pas pire.

— Si, c'était pire.

— Arrête. Qu'est-ce qu'il t'a fait, le père Fernando, à part te traiter de gonzesse ?

Guzman ne répondit pas. Pablo sentit qu'il avait

posé une question de trop. La porte de la cellule grinça. Quelques regards pleins d'espérance se tournèrent vers l'homme à l'uniforme crasseux qui venait d'ouvrir.

L'homme fit signe aux gamins.

— Vous deux, on vous attend. Sortez.

Pablo et Guzman se levèrent machinalement. Leurs oreilles bourdonnaient. Ils entendaient à peine les quolibets envieux de leurs compagnons de cellule.

Pablo avait le cafard. Il s'attendait à ce qu'on les retrouve, mais pas aussi vite. Il caressait encore l'espoir qu'on les libère après une nuit de captivité, ou qu'on les transfère dans un pénitencier. Il aurait accepté n'importe quoi, plutôt que le retour à Tres Piedras. Il n'osait même pas imaginer le supplice qui les attendait. Les hommes de la hacienda avaient eu le temps de ruminer leur vengeance. Ils les feraient crever, ça, c'était sûr. Mais comment ?

Les cellules étaient en sous-sol. Pablo et Felipe montèrent les marches, la peur au ventre. Ils atteignirent la porte blindée. Quand elle s'ouvrit, Pablo eut envie de pleurer.

— Ça ne devrait pas t'étonner, dit Don Jaime. C'est toi qui leur as demandé de me prévenir.

Pablo observa la purée de fèves et les galettes. La salive inondait sa bouche. Il savait que son corps avait besoin de nourriture. Il n'avait rien avalé depuis deux jours, et l'appétit avait cédé la place à un état dépressif vaguement nauséeux. Son estomac se contractait. Il déchira un morceau de galette et se mit à le mâchonner.

— On m'a demandé de donner un nom, j'ai donné le vôtre. Mais je me faisais pas d'illusions. Vous avez dit...

— « Je ne viendrai pas vous voir en prison. » Oui, j'ai dit ça. Et puis... j'ai pensé à ce qui vous attendait si personne ne venait vous libérer.

Don Jaime fit la moue. Il promena son regard autour de l'auberge en se demandant si l'établissement convenait à des enfants. Puis il pensa à l'endroit où il était venu les chercher.

— Je vous dois quarante pesos, dit Pablo. Je n'oublierai pas.

L'instituteur posa la tête dans sa main. Il observa

Pablo avec condescendance, l'air de dire : « Laisse tomber, va. Essaie de t'en sortir tout seul, ce sera déjà pas mal. »

C'était pénible. Presque autant que les coups de règle.

— Tu te souviens de Sénèque ? demanda brusquement Don Jaime.

Pablo sonda sa mémoire. Il vit surtout du noir. Il déchira un nouveau morceau de galette et le trempa dans la purée. Son estomac se dénouait lentement.

— Son ami Lucilius demande à Sénèque des conseils en philosophie. Sénèque parle, entre autres choses, de la mort, du courage, du suicide. Tu te souviens ?

Pablo sentait la farine fondre dans sa bouche. Mieux il mâcherait, plus il aurait de chances de digérer et de reprendre des forces. Il vit une petite lueur. Sénèque. Ah, oui.

— Le truc avec le tyran ?

Le regard de l'instituteur s'illumina. Il hocha la tête.

— Je m'en souviens. Il dit que le philosophe, heu... Il peut aller voir le tyran et lui dire en face : tu n'es qu'un tyran.

— Et le tyran, qu'est-ce qu'il fait ?

— Le tyran, il tue le philosophe, il a pas le choix.

Don Jaime acquiesça.

— Ce qui veut dire ?...

— Ben... Ça veut dire, en gros, que le philosophe, il est plus libre que le tyran. Parce qu'il a choisi de mourir. Alors que le tyran, il choisit pas. Il est obligé de tuer l'autre, sinon on le prend plus au sérieux.

L'instituteur déroula son bras et posa la main sur l'épaule du garçon.

— Pablo, il va falloir que je m'en aille. Je ne sais pas si on se reverra un jour. Alors, si j'ai une chose à te dire, c'est : oublie cette leçon. Tu n'es pas Sénèque.

Pablo serra les dents. Il sentit ses yeux se mouiller. C'était la troisième humiliation qu'il subissait dans la même journée. Merde, il avait bien répondu ! Pourquoi Don Jaime cherchait-il toujours à le descendre ? Pablo oubliait sa reconnaissance. Il repensait à ses projets de meurtre. Malheureusement, les flics lui avaient pris son couteau. Une boulette de farine restait bloquée dans sa gorge, il avala de l'eau pour la faire descendre.

Don Jaime vit son désarroi. Il ajouta :

— Tu n'es pas Sénèque, parce que les temps sont différents. Tu es Pablo Zorfi. Tu es un enfant, seul, dans une ville très dure. Il y a des tyrans dans cette ville. Ne va pas les provoquer pour le seul plaisir de prouver que tu es libre. Parce qu'ils s'en fichent. Ta vie n'a pas de valeur à leurs yeux. Avant de jouer, attends d'avoir les bonnes cartes en main. Et là, frappe. Frappe le tyran. Au cœur. Et tue-le.

Sur ce, Don Jaime détendit son corps immense et quitta la taverne. Felipe Guzman le suivait des yeux, éberlué.

— Il est un peu fou, non ?

Pablo fit un geste de la tête. Un peu « oui », un peu « non ». Puis il plongea les doigts dans la purée de fèves. Il retrouvait l'appétit.

Il faisait nuit. Les commerces fermaient. Ils remontèrent Luis Moralès au petit trot, vers le centre-ville. Lorsqu'ils arrivèrent devant la Banque Centrale, les portiers en interdisaient l'accès aux clients. Quelques minutes plus tard, les employés commencèrent à sortir. Eduardo Mendes apparut parmi les derniers. Il portait un costume verdâtre. Il tenait un bonnet de groom au bout de son doigt, qu'il faisait tourner. Il aperçut Zorfi sur le trottoir opposé, et sa main s'immobilisa. Le bonnet poursuivit son mouvement et vola dans le caniveau. Eduardo ne fit rien pour le ramasser. Il traversa la rue.

Ils se mirent en route vers le garage Martìn. Les trois garçons étaient électriques. Quelque chose de grandiose allait se produire. Ils en étaient convaincus.

Eduardo faisait la visite. Il était intarissable. Il tenait à montrer qu'il n'avait pas chômé pendant l'absence de Pablo. Il connaissait la ville. Il savait à qui appartenait chaque parcelle de terrain, qui appartenait à qui. Les noms des grands chefs de bande revenaient dans une sarabande d'anecdotes où se côtoyaient toujours la violence et une forme d'héroïsme frelatée et cynique : Don Sisco, le marché et les putes, le grand hôtel Colòn ; Battista, avec son syndicat d'ouvriers, qui passaient plus de temps à racketter les commerces du centre qu'à bosser pour l'usine ; les jeux, les contrebandes d'armes et d'alcool…

Eduardo Mendes s'enivrait de puissance et de brutalité. Il parlait de certains événements comme s'il y avait assisté ; de certains hommes comme s'il les connaissait personnellement.

Il s'arrêta devant l'hôtel Colòn.

— Faudra que je vous fasse visiter, dit-il. Raquel habite là. Elle travaille pour Sisco. Elle a une chambre au troisième étage. C'est ma petite amie.

La lumière débordait dans la rue, éclatant sur les trottoirs, vibrant sur les dessins de mosaïque qui encadraient la façade. La bonne société de la ville s'attroupait devant les portes. Des groupes se formaient, erraient avant d'entrer, comme si les clients redoutaient de pénétrer seuls dans un tel temple de luxe et de débauche.

Mendes scrutait du regard les fenêtres, à la recherche de sa belle.

La tête de Pablo vibrait. Mendes avait dit : *ma petite amie.* Comment pouvait-il en avoir une, avec son nez de rat, son uniforme de groom et ses boutons d'acné ?

Mendes se remit en route.

— On ira plus tard, dit-il. Pour l'instant elle travaille.

Pablo contemplait le bâtiment. Il était hypnotisé. Eduardo, à la colle avec une fille ! Combien de temps avait-il perdu, lui, à trimer pour ce bouseux de Don Fernando ? À la colle avec une fille… *Chinga !* Pablo fit un serment. Solennel. Dès ce soir, il coucherait avec une fille. La plus belle de l'hôtel. Sans avoir à la payer.

— Hé, tu viens ?

Pablo sortit de sa torpeur. Il n'allait pas en rester là. Il allait épater Eduardo à son tour, quelque chose de bien. Il prit une grande inspiration et déclara d'un trait :

— Tu sais, j'ai bien réfléchi quand j'étais à la ferme. Je sais ce que je veux. Je veux être le caïd de Sansalina.

Eduardo Mendes ricana.

— On se calme ! C'est pas donné à tout le monde d'être un caïd. Mais je peux te présenter à Don Sisco. Il te prendra peut-être à l'essai, et qui sait, un jour, si tu es à la hauteur, il te proposera de prendre sa succession. En attendant…

Pablo secoua la tête énergiquement.

— T'as rien compris, mon pote. Je ne veux pas servir de sous-fifre à un de ces bâtards. Je veux être un chef. Le chef.

— Pour être un caïd, il faut bien commencer…

— Pas un caïd. Le caïd. Je veux diriger la ville. Moi, tout seul.

Eduardo Mendes avait le sens des valeurs. Et du respect. Il avait cru un instant que Pablo plaisantait.

Voyant son air buté, il s'arrêta, la bouche entrouverte.

— Pablo, personne n'a jamais dirigé toute la ville.

Pablo souriait, il fit un clin d'œil.

— Moi, je vais le faire.

Mendes se tourna vers le garçon décharné que Pablo venait de lui présenter, Guzman. Le type se taisait. Il souriait. Est-ce qu'il n'avait pas entendu la conversation ? Est-ce qu'il était sourd ? Est-ce qu'il était stupide ?

Mendes pensait à son chapeau de groom qui trempait dans le caniveau. Trop tard pour le récupérer, maintenant. Il n'avait plus qu'à trouver un autre poste.

Ils arrivaient devant la forge. L'oncle des trois frères l'avait rachetée au maréchal ferrant. Les Martìn s'occupaient des chevaux, ils retapaient les carrioles, mais surtout, ils avaient eu du flair. Ils avaient suivi la mode. Ils réparaient des automobiles. Ces trucs qui roulaient tout seuls avec des moteurs à explosion. Les premiers temps, ça avait été une curiosité. Les gens du quartier s'attroupaient pour suivre les réparations.

Les jours de marché, les frères Martìn ne chômaient pas. La réputation de l'oncle était bonne. Tous les paysans du coin se pressaient pour lui confier leurs bêtes. Deux chevaux attendaient encore, attelés devant la forge. Depuis la rue, on entendait les coups de marteau et des hennissements contrariés.

Les derniers clients partirent vers onze heures du soir. La place était presque déserte. La forge retentissait encore de quelques éclats de voix joyeux. Les trois frères apparurent bientôt, en se courbant pour passer sous le rideau de fer à demi baissé. Par ordre de taille. Raùl, Agustìn, et enfin, Simòn.

En le voyant, Felipe Guzman comprit pourquoi ses compagnons comptaient tellement sur les frères Martìn. Simòn était un colosse.

Pablo attira l'attention des frères en sifflant entre ses doigts. Ils n'eurent pas l'air ravis de le voir. Ils traversèrent la rue d'un pas traînant.

Après des présentations et des retrouvailles sommaires, Raùl prit la parole. Il faisait des efforts pour se contrôler, mais sa voix montait dans les aigus, comme si sa mue avait des ratés. Il parlait vite. Il dit :

— Pablo, c'est fini pour nous, les conneries. On a un bon travail. On a des clients. Notre oncle va bientôt passer la main, il veut nous laisser la forge. Il te connaît, il ne t'aime pas. S'il nous voit ensemble, il nous tue.

Pablo encaissa. Apparemment, c'était la journée des coups durs.

— C'est compris. Mais… On reste amis, non ?

Les triplés hochèrent la tête.

— Bien sûr, dit le grand Simòn.

— À condition que tu nous foutes pas dans la merde, ajouta Agustìn.

— Pourquoi est-ce que je ferais ça ?

Raùl posa la main sur le bras de son frère. Agustìn était impulsif. Il ne fallait pas que la discussion dégénère.

— On veut juste que ça soit bien clair entre nous, Pablo : si tu te repointes placeta del Sol ; si on te voit traîner près de la forge, on fera comme si on te connaissait pas. Si tu insistes, on prendra ça comme une agression.

Pablo hocha la tête. Il digérait.

— D'accord. Comment je fais, si je veux vous voir ?

— C'est pas toi qui viendras nous voir. C'est nous qui viendrons. Si on peut, et si on veut.

Raùl fit volte-face, donnant le signe du départ. Les trois frères disparurent au premier carrefour.

Les garçons reprirent leurs vieilles habitudes. Ils se mirent à traîner dans les rues, sans but. Mendes observait Pablo du coin de l'œil. Il commençait à s'inquiéter. Pablo et Guzman se taisaient. Ils avaient l'air de vivre dans une sphère où Eduardo était absent. Le silence devenait gênant ; Mendes se remit à parler, pour sc consoler lui-même et pour tenter de retrouver l'aval qu'il avait sur Pablo, avant son départ.

— Il faut pas en vouloir aux Martìn, dit-il. Je crois qu'ils ont des emmerdes avec Don Sisco. L'oncle Martìn ne doit rien aux caïds. Il ne se gêne pas pour le faire savoir. Il refuse de payer pour la protection. Du coup, Don Sisco est à cran. Si les gens commencent à en parler, d'autres vont essayer de faire les malins. Au début, Don Sisco laissait pisser, à cause du vieux Martìn, parce que tout le monde l'aime bien. Mais si ça continue…

Pablo l'interrompit brutalement :

— Et alors, quel rapport avec moi ? Je lui ai rien fait, au vieux.

Mendes n'avait pas perçu l'hostilité dans la voix

de Pablo. Il sentait surtout que la conversation reprenait. Il respirait.

— Sisco est venu le bousculer, expliqua-t-il. Le vieux Martìn en a après le milieu en général. Et toi, il te voit un peu comme ça, forcément. À cause de tout ce qu'on a fait, avant.

Pablo chassa la mèche qui lui tombait sur les yeux. Eduardo Mendes l'énervait. Il parlait comme avant, à l'époque de l'école. Il était resté tel qu'il était, enfant. Une caricature de gangster. Il rapportait toujours tout au système, aux caïds. Il était tellement fasciné par les bandits qu'il en oubliait toute ambition. Les frères Martìn ne voulaient plus voir Pablo, bon. Don Sisco et le milieu n'avaient rien à faire là-dedans.

Pablo était déprimé. Tout foirait. Personne ne voulait le croire. Personne ne voulait marcher avec lui, à part Mendes et Guzman. Mais Mendes était un mythomane sans envergure, et Guzman avait une case en moins.

Mendes prit un air paternel. Il posa la main sur l'épaule de Pablo.

— Je vais aller voir Don Sisco pour toi. Il va te trouver une place.

Pablo s'immobilisa. Eduardo refusait de comprendre. Il s'agissait d'être clair.

— Je peux pas aller voir Don Sisco, dit-il. Je peux aller voir personne. C'est la guerre, maintenant.

— Comment ça ? Quelle guerre ?

— Don Fernando est mort. C'est moi qui l'ai tué.

Eduardo s'écarta d'un pas.

— T'es malade. T'es complètement malade…

Il reculait doucement, en observant Pablo. Pablo restait immobile. Soudain, Mendes se mit à fuir, aussi vite qu'il pouvait.

Les deux garçons le regardèrent disparaître, avec son costume verdâtre qui s'estompait lentement dans la nuit, réapparaissant parfois dans le halo d'un réverbère, et courant, courant toujours, sans personne à ses trousses.

Ils éclatèrent de rire.

Ils cherchèrent un endroit pour dormir. Ils tentèrent les parcs, les bancs publics, mais partout des types traînaient en les regardant de travers.

Alors Pablo pensa à sa cachette, dans la cave de l'école. Cette solution ne l'emballait pas. Il avait l'impression de repartir à zéro. Encore moins que zéro, puisqu'il avait perdu les Buenhombres entre temps. Mais là-bas, au moins, personne ne viendrait les déranger. Ils n'auraient qu'à partir tôt le lendemain matin, avant que l'école s'anime.

Ils trouvèrent de vieilles serpillières et les étendirent sur le charbon. Ça crissait avec un bruit désagréable, un peu comme des os qu'on frotte sur du gravier. Au moindre mouvement, des cendres vous roulaient dans le cou. Mais c'était sec et confortable.

— Bonne nuit, dit Pablo.

— Bonne nuit. Tu vois, ça finit par s'arranger.

Pablo se dressa sur un coude, stupéfait.

— Comment ça, « s'arranger » ?

— Eh ben, oui, regarde : on est sortis de prison, on nous a donné à manger, et les hommes de la hacienda ne nous ont même pas retrouvés.

— Tu as raison, dit Pablo. C'est une bonne journée, dans le fond.

Et il sourit dans l'obscurité. Décidément, Felipe Guzman était un peu con. Mais il fallait le protéger car, dans les moments difficiles, Pablo savait maintenant qu'il ne pouvait compter que sur lui.

Au bout de quelques secondes, le souffle de Guzman se fit lourd. Il s'endormait.

Pablo ne trouvait pas le sommeil. La réaction des frères Martìn le contrariait. Il les aimait bien. Il les estimait. Apparemment, ce n'était pas réciproque. Et puis, il avait besoin d'eux. Pas seulement à cause de Simòn et de sa carrure.

Il avait besoin d'eux pour leur envergure ; leur grandeur d'âme. Seuls les frères Martìn sauraient donner à son projet un peu de classe. Ils avaient gardé, même dans leur façon de l'envoyer bouler, cette élégance qu'ils montraient dans la cour de l'école, quand ils se portaient au secours des plus petits, des filles et des animaux malades.

Pablo s'énervait. Il avait froid. Pour trouver le sommeil, il cherchait à peupler ses rêves de femmes et de caresses. Il repensait au serment qu'il s'était fait tout seul, devant l'hôtel Colòn. Ce soir, je coucherai avec une fille. Tu parles. Ce soir, je couche avec Felipe Guzman, sur un tas de charbon.

Il se leva sans bruit.

Pablo quitta l'école déserte, hanté par des visions euphoriques. Plus tôt dans la soirée, Mendes avait parlé de sa petite amie, Raquel. Il avait raconté des choses terribles. Qu'elle était insatiable. Qu'elle lui en redemandait toujours, même après sa journée de travail. Qu'elle l'appelait « mon étalon ». Pablo courait maintenant. Le sang battait sur ses joues brûlantes.

Il atteignait l'hôtel Colòn. Le vent de la course lui apportait un peu de fraîcheur. Il évita la porte d'entrée. Il contourna le bâtiment. Il vit une gouttière, dans un renfoncement, au coin de Iturbe et de Mercado. La nuit tirait à sa fin. Les rues étaient désertes. Il y avait une fenêtre ouverte au premier étage. Accessible. Il fallait marcher sur une corniche. Trois mètres. Pablo évalua ses chances. Il agrippa la gouttière. Il arriva sans problème au niveau du premier étage. Il tiqua.

La corniche était inclinée. Rien au mur pour se retenir. Pablo eut envie de redescendre. Trop tard. Deux hommes descendaient la rue. Ils portaient des chapeaux. Ils ne le verraient pas, tant qu'ils n'auraient pas l'idée de lever la tête. Ils traînèrent au pied de l'immeuble.

Ils n'étaient pas forcément au service de Sisco, mais ils n'hésiteraient sûrement pas à le dénoncer. Rien que pour faire de la lèche. En échange d'une poignée de jetons pour le casino, ou d'une soirée avec une fille.

Pablo reconsidéra la situation. Il avait agi sans réfléchir. Comme avec Fernando. Comme toujours.

Comme toujours, il était dans la merde. Pablo regarda la corniche. Il fallait qu'il tente le coup. Il fallait qu'il ait les pieds secs. Il les frotta un à un contre le mur, et il avança sur la corniche. Il améliorait l'adhérence en posant les pieds de biais, parallèles au mur. Il fixa son attention sur l'immeuble d'en face, à la même hauteur. Il imagina qu'il n'était pas au premier étage, mais au rez-de-chaussée. Il imagina qu'il jouait à se faire peur. Il atteignit le cadre métallique de la fenêtre. Il l'agrippa de toutes ses forces. En bas, la conversation des deux hommes lui parvenait. Ils parlaient d'une course de chevaux. Ils s'installaient dans la rue.

Pablo voulut jeter un coup d'œil à l'intérieur. Il dérapa. Il se rattrapa tant bien que mal à la fenêtre. Il bascula au-dessus du vide. Les gonds gémirent. Pablo tendit le pied et atteignit le bord de la fenêtre. Il glissa une jambe à l'intérieur. Il se tortilla. Il tomba sur la moquette. Il n'en avait jamais vu d'aussi épaisse. En fait, il n'avait jamais vu de moquette de sa vie.

Il comprit alors à quel point son idée était stupide. Il était sale. Il portait un pantalon de coutil crasseux et une chemise ouverte jusqu'au ventre. Il n'avait pas de chaussures. Il n'avait rien à faire là. Il réfléchit. Si Eduardo Mendes, avec son costume de groom vert, avait ses entrées à l'hôtel Colòn, lui, Pablo, n'avait pas de souci à se faire. On allait l'accueillir à bras ouverts. On lui déroulerait le tapis rouge.

Ou bien Mendes avait menti. En y réfléchissant, cette solution devenait de plus en plus plausible. Il était trop tard de toute façon. Maintenant, Pablo était dans la place, il fallait qu'il aille jusqu'au bout. Il observa les lieux.

Trois portes donnaient sur le couloir. Au bout, un escalier descendait vers la grande salle. On entendait la clameur des clients. Pablo vit apparaître un couple. L'homme tenait une bouteille à la main. La fille était rousse. En voyant Pablo, elle écarquilla les yeux. L'homme ne l'avait pas encore aperçu. Il dévorait la fille des yeux. Elle agrippa son crâne, et elle plaqua sa bouche sur la sienne. Puis elle secoua la main en direction de Pablo. Ça voulait dire : dégage !

Pablo courut vers l'autre extrémité du couloir. Il ouvrit une porte, délicatement. Juste pour voir.

Il vit. Un homme à quatre pattes sur le lit, le pantalon baissé, les fesses nues. Il embrassait une chaussure de femme. Une fille en corset, assise sur une chaise. Lisant le journal. Se curant les ongles du pied. Débitant des injures et des insanités.

Pablo referma la porte. Ce n'était pas une bonne

planque. Il réfléchit. Les portes ornées d'un numéro étaient des chambres. Il fallait les éviter. Il fallait essayer les autres.

Pablo tendit l'oreille. Le couple le suivait en gloussant. Il ouvrit une porte sans numéro. Un placard à balai. C'était mieux que rien. Il s'y cacha. Il écouta. Le couple passa près de lui, et s'éloigna. Pablo entendit une porte s'ouvrir et se refermer. Il écouta le silence. Il sortit de son placard. À l'autre bout du couloir, il trouva un escalier de service. Étroit, en colimaçon. Pablo fonça vers le troisième étage.

Ici, c'était plus calme. On entendait murmurer. Deux voix de femmes, et des bruits d'eau. Pablo s'approcha. Les sons glissaient sous une porte sans numéro. Pas verrouillée. Pablo l'ouvrit. Il découvrit deux filles dans une salle de bains. La première était accroupie au-dessus d'une bassine en étain. L'autre appuyée sur le bord d'une baignoire. Elle portait une chemise de nuit. Elle la referma par réflexe sur sa poitrine. Pablo les prit de vitesse :

— Où est Raquel ?

La fille sur la bassine leva l'index.

— Trois cent douze.

Pablo referma la porte. Il y eut deux secondes de silence, de l'autre côté de la porte. Puis deux éclats de rire synchrones.

Pablo se présenta devant la chambre 312. Il écouta. Il perçut des frottements de carton glacé, à intervalles réguliers. Pas de conversation. Pas de bruits de sommier. Elle était seule. Pablo ouvrit.

Raquel était assise devant une psyché. Une cigarette allumée pendait à ses lèvres. En la voyant, Pablo comprit que Mendes avait baratiné. Il n'avait pas couché avec cette fille. C'était une vieille. Elle avait au moins vingt ans. Des cartes à jouer étaient coincées entre le miroir et son cadre de bois. La fille parla sans se retourner.

— Entre, chéri. Fais comme chez toi. Mais la prochaine fois, frappe à la…

Elle pivota.

Le mot « porte » ne fut qu'un murmure.

Eduardo Mendes n'avait pas menti sur tout : c'était une belle fille. Le visage ovale. Des lèvres étroites, d'un rose pâle. Peu maquillées. Elle observa le gamin en fronçant un sourcil. Puis sa tête fut prise d'un mouvement latéral.

— Petit, dit-elle, tu te goures d'endroit.

Il referma la porte derrière lui. Elle l'observa plus attentivement.

— Sauf si t'as du fric. T'as du fric ?

Pablo s'éclaircit la gorge. Il tenta le coup. Sa dernière chance.

— Je suis un ami d'Eduardo Mendes.

Elle fit la moue.

— Je connais pas. Allez, tire-toi. M'oblige pas à appeler les garçons. Au fait, comment tu es arrivé jusqu'ici, ils t'ont laissé entrer ?

Pablo raconta son escalade. Elle eut un début de sourire. Puis elle réagit.

— Eduardo… Mais si, je le connais ! C'est un gamin, comme toi ?

Il se raidit. Il n'était pas un gamin. Elle continua sur sa lancée.

— Il porte un costume vert un peu bizarre, c'est ça ? Un costume de portier ?

Pablo s'approcha d'un pas.

— En fait, il est garçon d'ascenseur.

— Tu m'en diras tant.

— Je croyais que c'était un bon ami à vous.

Elle ouvrit les yeux. Exagérément.

— Un bon ami ? Tu rigoles. Il traîne des fois, au bar. Il cire les pompes à Sisco, à tout ce genre de types.

Pablo sentit qu'il allait manquer de force et s'effondrer. Il tint le coup. Il fit un nouveau pas en avant. Raquel continuait de l'observer. La cendre au bout de sa cigarette menaçait de tomber. Elle se leva pour l'écraser. Pablo admira ses fesses qui roulaient sous la blouse de soie. La cambrure de ses reins. Elle ne faisait rien pour lui plaire, elle jouait les grandes sœurs, ça la rendait encore plus désirable.

Pablo attendit qu'elle se retourne. Oui, il l'aurait. Avec ou sans fric, il l'aurait. Ce soir. Il affronta son regard.

— Vous connaissez Don Fernando ?

Elle leva les yeux au ciel, puis elle avança une main vers lui, pour l'inviter à sortir. Si une chose la fatiguait, c'était le numéro des petits durs pétris d'admiration. Pablo se dégagea.

— Il est mort, hier après-midi.

— Oui, je sais. Les gamins ont foutu le feu à sa ferme, et ils ont disparu. Tu sais quoi ? Je vais pas pleurer.

Pablo accueillit la nouvelle avec soulagement. La ferme avait brûlé, les autres gamins avaient fui.

Les hommes de Fernando n'étaient pas à sa recherche. Ils avaient d'autres chats à fouetter. Pablo se ressaisit. Il fallait parler. Maintenir le rythme, sinon elle allait le virer de la chambre. Parler, maintenant. Dire n'importe quoi, mais parler.

— C'est moi qui l'ai tué.

Raquel souleva le sourcil. L'autre sourcil. Celui qu'elle réservait pour les grandes occasions. En bonne logique, elle aurait dû éclater de rire. Ça ne venait pas. Elle s'assit sur le bord du lit.

— Raconte-moi ça.

Il raconta. Ils laissèrent passer un silence. Ils se regardaient dans les yeux. Ils signalent un pacte.

Elle sourit et demanda :

— Tu détestes Don Sisco ?

Elle s'approcha de son visage.

— Tu le buterais ?

Pablo soutint son regard, sans ciller. Ils étaient tout près l'un de l'autre. Elle sentait bon.

— Je le buterai. Combien il te laisse sur les passes ?

— Il prend quasiment tout. Notre fric, c'est celui qu'on arrive à planquer. D'où tu sors ?

— D'un élevage de poules.

Elle ricana.

— Dans un sens, tu seras pas dépaysé.

Pablo s'assit à côté d'elle sur le lit.

— Je suis pas un mac, dit-il. Je peux vous aider si vous nous aidez. J'ai besoin de m'installer quelque part, avec mes potes. Et de me planquer. Aidez-nous à descendre Sisco, et laissez-nous l'hôtel comme quartier général. On prendra vingt pour cent sur les passes et le reste sera à vous.

Elle l'observa. Le petit faisait le coq. Il voulait jouer à la guerre des gangs. Le pire, c'est qu'il avait quelque chose de convaincant. Elle cacha la tête dans ses mains en gémissant mollement. Elle se ressaisit.

— Écoute, mon gars… Comment tu t'appelles ?

— Pablo.

— Écoute, Pablo. T'es gentil. T'as mis une trempe à Fernando, c'est un bon point pour toi. Mais t'as pas l'air de te rendre compte. Y a beaucoup de gars ici, qui travaillent avec Sisco. Toi…

Elle leva la main, un faible interstice séparant son pouce de l'index.

— T'es tout petit. Tu vas te faire bouffer.

Pablo ne lâchait pas le morceau. C'était le moment de se montrer lucide.

— Je sais, dit-il. Y a pas que les gardes du corps. Y a tous les croupiers, les barmen, les flics. N'importe quel petzouille du pays qui n'a pas les moyens de se faire une fille et qui rêve qu'un jour Don Sisco lui fera un petit cadeau. Je sais tout ça, mais…

Pablo leva l'index. Il fit une pause.

— Mais en même temps, tous ces types détestent Sisco. Parce qu'ils sont jaloux. Parce qu'ils en ont marre de se faire tabasser quand ils ne paient pas. Ils trouvent que Sisco gagne bien sa vie pour le boulot qu'il fait. Si tu bouscules le dernier des garçons de courses et que ce type paye pour la protection de Sisco, tu peux être sûr que le lendemain il te manquera des dents. Pour l'exemple. Mais si on frappe directement la tête, si on abat Don Sisco avant qu'il ait le temps de s'en apercevoir, personne ne bougera le petit doigt. Les types se diront : OK, on change de patron. On paye pour voir.

Elle détourna la tête. Il se leva pour se placer en face d'elle.

— Aidez-nous à nous planquer. Trouvez-nous des armes. Filez-nous des tuyaux. Avec votre aide, on prendra le contrôle de la ville.

— T'es un gamin, Pablo. T'es peut-être très courageux, ou juste baratineur, je sais pas encore. Mais t'es un gamin. Comment veux-tu que je mise sur toi ?

Elle le toisait. Il eut une bouffée d'orgueil. Il se souvint de la promesse qu'il s'était faite. Il la saisit par les poignets et l'attira vers lui. Il embrassa son cou. Il aspira le parfum de ses cheveux. Il descendit. Il embrassa ses seins. Il les prit dans ses mains. Il y enfouit la tête. L'ivresse l'envahissait.

Elle lui tira les cheveux. Elle lui redressa la tête, pour qu'il la regarde.

— Tu l'as jamais fait, hein ? Dis pas de conneries.

Il serra les dents. Il fit non de la tête, comme s'il avouait une faute. Elle tapota sa joue et se dégagea de son étreinte. Elle soupira. Elle plissa le nez.

— Attends-moi, dit-elle.

— Où tu vas ?

— Tu pues, je vais chercher de l'eau.

Elle sortit. Il tenta de retrouver son calme. Une odeur de fumée planait dans la pièce.

Il observa les cartes coincées sous le cadre du miroir. Ce n'était pas des cartes à jouer habituelles. Elles représentaient des personnages. Il y avait une femme assise, dans un manteau rouge, un livre ouvert sur les genoux ; un type installé sur un char doré, les deux chevaux tirant dans des directions différentes ; un vieil homme avec un sceptre et un bouclier — cette carte était accrochée la tête en bas.

La porte s'ouvrit. Pablo se dressa d'un bond. Il eut envie de crier. Ce n'était pas une belle brune qui se tenait devant lui. C'était un type. Moche. Très baraqué.

— Qu'est-ce que tu fous là, petit ?

Pablo ouvrit la bouche, mais ne dit rien. L'homme le dépassait de vingt bons centimètres. En volume, il le triplait largement. Il tendit la main vers lui.

— Viens là.

Pablo s'approcha. Ses jambes tremblaient. Il se sentait faible. Il n'avait pas encore récupéré de la raclée qu'il avait prise à la ferme. Il n'était pas prêt pour une deuxième. Pas encore. Il pensa un instant se jeter à genoux et supplier l'homme, mais il savait que ça n'arrangerait rien.

L'homme abattit sa main sur la nuque de Pablo. Il le prit par le cou. Entre deux doigts. Il le forçait à baisser la tête.

— Viens par là. Tu sors sans faire d'histoires, et il t'arrivera rien.

Pablo savait qu'il mentait. Un tas de choses désagréables allaient lui arriver. Mais c'était gentil, de la part du grand type, de prétendre le contraire. Pablo croisa le regard de Raquel. Mine peinée de circonstance. Elle dit à l'attention du type :

— Ce que je peux me ramasser comme pouilleux... Pourquoi il faut toujours que je tombe sur ce genre de gars ?

L'homme bâilla. Il dit :

— Oh, rassure-toi. C'est pareil pour toutes les filles. L'autre fois, c'est tombé sur Conception. La même chose. Un gars qui voulait pas payer. Il était mordu, j'ai eu un mal fou à l'embarquer. Il s'accrochait aux meubles. Il disait qu'il avait des moutons. Il voulait la payer en balles de laine, quand il les aurait tondus.

Raquel éclata de rire.

— C'est pas vrai !

— Je te jure.

— Y a de ces malades…

Ils bavardèrent en conduisant Pablo dans les couloirs de l'hôtel. Pablo fulminait. Il était furieux contre Raquel. Il cherchait des mots pour l'insulter. Mais il manquait d'idées. Tout ce qui lui venait à l'esprit était : « sale pute ». Il se retint, pour plusieurs raisons.

Ils descendirent par le petit escalier jusqu'au premier étage. La fenêtre était encore ouverte. Pablo se tournait vers Raquel, essayant de croiser son regard. Mais elle l'esquivait, et l'homme le contraignait à marcher droit. Pourquoi l'avait-elle donné ? Ils atteignirent l'escalier principal.

Ils s'arrêtèrent en haut des marches. Pablo découvrait la grande salle de l'hôtel Colòn. Des hommes attablés tapaient le carton. Des filles se faufilaient, portant des plateaux. Trois musiciens jouaient des rumbas en sourdine, pour entretenir l'intimité des conversations. Le contrebassiste avait un doigt en moins.

Don Sisco était au bar, dans un costume blanc

impeccable. Une bande de poivrots l'entourait, pétrie d'admiration. L'homme poussa Pablo dans l'escalier.

— Allez, avance.

Raquel resta en haut des marches. Pablo retrouvait des sentiments familiers. La peur, et la rage. Il n'avait rien fait de mal. Ni à Raquel, ni à Don Sisco. Il allait encore se prendre une trempe. Ses épaules le faisaient souffrir. Il ne s'était pas encore remis des coups qu'il avait reçus chez Don Fernando. Il n'était pas d'attaque.

Don Sisco avait la classe. Rien à voir avec Don Fernando. Il portait des vêtements raffinés. Il était plus jeune, plus solide, et la salle était pleine de larbins à ses ordres. Il n'y avait rien à tenter. Pablo avait commis assez d'erreurs comme ça. Le moment était venu de régler l'ardoise. Il fallait qu'il essaye de se calmer, maintenant.

L'homme abandonna Pablo à quelques mètres du bar, et s'approcha de Don Sisco qui leur tournait toujours le dos. Les hommes assis près de Pablo le dévisageaient en silence.

L'homme se pencha vers Sisco, et Sisco pivota. Il ouvrit des yeux tout ronds. Il sourit exagérément. Le petit jeu commençait. Pablo serrait les poings.

Don Sisco s'approcha en prenant bien son temps. Il savait que les piliers de bar étaient tous pendus à ses lèvres. Des types se levaient de leurs tables, ils s'approchaient pour voir.

Sisco se campa sur ses jambes, pour observer le gamin. Pablo soutint son regard. Le fluide passait.

Ils se comprenaient en silence. Pablo se fit une idée de ce qui allait suivre. Sisco n'était pas du genre cogneur, comme Fernando, ou comme son père. C'était un vicieux. Pablo sut qu'il était bon pour l'humiliation publique. En plus des coups. Il essaya de respirer. Il eut envie de pleurer. Il serra les dents.

Sisco prit la parole. Il regardait autour de lui. Il s'adressait à la foule. Il prenait un air outré. Il faisait le malin.

— Qu'est-ce que j'apprends, petit, tu voulais monter voir une fille ? Tu n'as pas honte, à ton âge ?

Il y eut des rires. Pourtant, ce que Sisco venait de dire n'était pas drôle. Mais c'était l'intonation qu'il prenait. Grandiloquente. Solennelle. Il rassemblait ses troupes. Allez-y les gars, encouragez-moi. Stimulez-moi. Les hommes répondaient. Vas-y, patron. Mets le paquet. La nuit se termine, il faut qu'on s'amuse.

Un cercle s'était formé autour d'eux. Sisco se mit à tourner autour de Pablo, pour écarter les rangs. Il fallait que tout le monde voie bien. Sisco s'arrêta dans le dos de Pablo. Ses mains tombèrent sur ses épaules. Elles s'agrippèrent à sa chemise. Il tira. Pablo résista en pliant les bras. Il reçut un coup sur l'arrière du crâne. Trois fois rien, une semonce. Pablo chancela.

Il entendit des rires. Il était torse nu. Sisco se pavanait devant lui, en faisant tournoyer sa chemise au-dessus de sa tête. Il la jeta en direction d'un groupe de filles amassées près du bar. Elles jouèrent le jeu. Elles firent mine de se la disputer. L'une d'elles grimaçait en se pinçant le nez.

Don Sisco prit un air étonné. Il leva la main pour demander le silence. Il avait vu quelque chose. Il saisit Pablo par l'épaule, et le fit pivoter. Il regardait son dos.

— Dis donc, mais… Tu as reçu une correction, on dirait ? Tu as été vilain ?

Pablo sentit son estomac se nouer. Il portait toujours les marques de fouet qu'il avait reçues chez Don Fernando. Des hommes de la hacienda étaient sûrement venus. Ils avaient raconté l'histoire. Sisco allait peut-être faire le lien. Peut-être qu'il allait le livrer aux hommes de Fernando. Ça, ce serait horrible.

Pablo leva les yeux. Il chercha le regard de Raquel. Elle avait les yeux révulsés. Elle avait vu les cicatrices. C'était peut-être l'effet de l'instinct maternel, mais son regard était différent de tous ceux qui se portaient sur Pablo à ce moment-là. Elle était sans méchanceté.

Pablo eut une illumination. Il comprit à cet instant pourquoi Eduardo Mendes avait parlé d'elle. Il avait dû lui faire du gringue, et elle ne l'avait pas traité comme une merde. Il en avait naturellement déduit qu'elle était amoureuse de lui.

Mais ce n'était pas ça. C'est que le cœur de Raquel avait quelque chose d'unique. Une vertu rare qui serait utile à l'occasion. Elle avait de la bonté.

Don Sisco fouilla sa poche. Il avait un sourire mauvais. Il sortit un couteau.

— Ça ne t'a pas suffi, on dirait. Tu as besoin d'une autre correction.

Il fit jouer la lame.

— Tu vas l'avoir.

L'assemblée retenait son souffle. Y aurait-il un meurtre ce soir ? Oh, oh… Sur la personne d'un mineur ? Intéressant. Ceux qui étaient restés chez eux allaient le regretter.

Sisco s'approcha de Pablo. Il avançait sa lame vers lui.

— Lève les bras.

Pablo obéit. Il se concentrait sur sa vessie. Il fallait tenir le plus longtemps possible. C'était le jeu des caïds. Je t'ai pris en faute, mais ça je m'en fous. Tant que tu dérouilles devant les autres, ça me sert. Ça leur fait passer l'envie d'être à ta place. Si tu encaisses, je te laisse la vie sauve, et je garde un œil sur toi. Je te ferai peut-être travailler. Un gars qui encaisse, il vaut mieux se le garder sous le coude. Mais si tu craques, si tu commences à pleurnicher, si tu me supplies, tu ne vaux plus grand-chose. Peut-être que je te laisserai la vie par pitié, mais si ça m'amuse, je peux mener le jeu plus loin. Tant pis pour toi.

Pablo gardait les yeux aussi froids que possible, bien plantés dans ceux de son adversaire, mais son corps le trahissait. Sa poitrine se levait et se baissait convulsivement. Elle se trempait de sueur.

Sisco fit glisser sa lame sur son ventre. Il la fit pivoter lentement vers l'extérieur. La lame attaquait la toile de son pantalon. Le va-et-vient frôlait dangereusement le bas-ventre de Pablo. Le tissu se déchira, et la lame attaqua la ficelle qui lui servait de ceinture.

Pablo anticipa sur la suite des événements. Don Sisco était un vrai con. Un pauvre salaud d'attardé. Un malade.

Pablo sentit son pantalon glisser. Il fit un mouvement pour le retenir, malgré lui. Sisco se contenta de retourner la lame de son couteau. Il hocha la tête.

— Ttt, ttt.

Pablo sentit la lame glisser sous ses testicules. Il releva les bras. Il réprima son envie de cacher son sexe entre ses mains. Il ravala sa honte. Sisco rangea sa lame. Pablo respira.

— Tu n'a plus envie de te mettre à poil, petit ? Je croyais que tu étais venu pour ça…

Il y eut une nouvelle salve de rire, stimulée par l'allusion sexuelle. Sisco se tourna vers sa victime. Il était temps de savourer sa victoire. Il regardait le garçon, cherchant la peur sur son visage. Il fut déçu. Pablo avait les yeux fixes. Il était loin. Il courait sur les rails, avec Dolores Poinsò. Il avait quatorze ans.

— Bon, dit Sisco. Assez ri.

Il fit signe à trois de ses hommes, qui prirent position autour de Pablo. Pas trop loin. À portée de main. Les choses sérieuses allaient commencer.

Le premier coup vint de Sisco. Il visa la mâchoire. Pablo sentit ses dents claquer. Il suivit un conseil qu'il avait reçu chez Fernando. Si on te frappe à la mâchoire, serre bien les dents. Tu en perdras moins, et tu ne te mordras pas la langue.

Pablo chancela. Il tomba dans les bras d'un des trois hommes. L'homme sentait le propre. La savonnette. Il redressa Pablo avec délicatesse. Mais le coup qu'il envoya à son tour était digne d'un déménageur.

Pablo sentit sa tempe exploser. La douleur vibra dans son crâne. Le coup suivant le prit à rebours. L'homme avait visé l'arcade sourcilière. Sisco reprit son tour. Il frappa sur l'aile du nez. Pablo sentit ses yeux se remplir de larmes. En reniflant il avala du sang.

Les quatre hommes s'accordèrent une petite pose. Ils l'interpellaient. Ils lui donnaient de petites gifles pour qu'il tienne le coup. Ils faisaient durer le plaisir.

Pablo cherchait l'équilibre. La foule oscillait. À chaque coup qu'il recevait, il entendait des cris. Des poivrots braillaient des encouragements. Au fur et à mesure, Pablo les percevait de moins en moins nettement. Il commençait à être sonné. Il faisait de moins en moins attention au monde qui l'entourait.

Les hommes s'étaient remis à cogner. Dur. Ils avaient touché méthodiquement des points sensibles du visage, et maintenant ils refaisaient un passage, tout aussi méthodique. Les hématomes gonflaient. Les coups qui retombaient sur les plaies ouvertes faisaient de plus en plus mal. Maintenant, Pablo se foutait de sa dignité. Il voulait que ça s'arrête. Peut-être qu'il pleurnichait, peut-être qu'il les suppliait. Peut-être que sa vessie avait lâché. Les quatre hommes continuaient, sans se lasser. Ils variaient les plaisirs. Ils frappaient aux côtes. Aux genoux. Au foie. Pablo oublia de respirer. Il sombra.

Il mit longtemps à émerger. Il ne savait pas s'il dormait, s'il délirait à cause de la fièvre, ou s'il était simplement mort. Il voyait des papillons. Des images en deux dimensions qui planaient devant ses yeux. Il voyait des visages. Il voyait une femme. Ce n'était pas Raquel. Un trait pâle barrait son front. Elle avait un œil tout blanc.

Les instants, les époques se mélangeaient. Il se sentit porter en triomphe à travers le bar. Les clients l'acclamaient. Ou le conspuaient. Il tanguait.

Il était allongé sur quelque chose de mou, de tendre, et de nauséabond. Puis il tombait. Les papillons en noir et blanc dansaient autour de lui, l'accompagnaient dans sa chute. Des mains de femmes le touchaient. De l'eau passait sur lui pour le laver. Puis il tombait. Il rebondissait sur le lit d'ordures, confortable et puant. Il n'avait qu'à ouvrir les lèvres et des morceaux de légumes à moitié pourris tombaient dans sa bouche. Il s'en délectait. Il aimait le goût du moisi.

Des femmes le portaient en murmurant. Elles avaient l'air de partager un secret. Elles le caressaient. Des dizaines de mains. Des centaines. Avec des ongles longs. Leurs ongles se transformaient en griffes. Elles faisaient des efforts pour ne pas le blesser.

Puis il tombait. Il était dans une barque. La barque dégringolait dans une cascade, une cascade dans un escalier. Il était trempé, il grelottait.

Il avait soif. On lui donnait à boire. Il faisait nuit. Il faisait jour. Pablo essayait de se mettre debout, il tombait, retombait toujours. Le lit aux légumes pourris avait disparu. Il tombait. Rien n'était plus là pour retenir sa chute.

Sainte-Lucie, 1907

— Prête ?

Dolores acquiesça. Ils étaient en place sur les rails. La course démarrait du pont et remontait vers la placeta del Sol. Il s'agissait de courir le plus vite et le plus loin possible sur les rails sans tomber. Eduardo Mendes tenait un chiffon rouge en l'air. Pablo arborait un sourire narquois. Courir contre une fille. Humiliation.

Eduardo donna le signal. Pablo faisait le malin. Il trottinait en tortillant des hanches. Mais Dolores prenait de l'avance, et il faillit tomber. Il se concentra sur la course. Elle avançait, les bras ouverts, par petits bonds gracieux, les jambes tendues comme une équilibriste. Elle conservait son avance. Elle ne flambait pas. Elle gardait l'équilibre.

Il y eut d'abord les cris des frères Martìn qui étaient restés en retrait à l'ombre du pont. Puis les vibrations des rails. Puis les sifflets.

Pablo jeta un coup d'œil par-dessus son épaule.

Il vit la masse de métal avancer sur eux, en beuglant et en crachant de la vapeur d'eau. Il appela Dolores. Elle continuait de courir. Elle ne tourna même pas la tête. Pablo hurla plus fort. Il sauta du rail et courut sur les étais de bois. Le conducteur de la locomotive freinait tant qu'il pouvait. Il tirait sur le sifflet. Pablo poussa sur ses jambes. Il fut sur elle. Il la prit par la taille et la fit basculer sur les talus qui longeaient la voie.

Ils virent passer les roues, tout près. Les mâchoires d'acier crachaient des gerbes d'étincelles. Puis le train reprit de l'allure, et disparut. Pablo observa Dolores. Il flaira son haleine. Pour la première fois, il sentit le contact des deux boules de chair palpitantes qui lui poussaient sur la poitrine. Elle le regardait, sereine. Elle ne tentait pas de se dégager. Il avait le droit de rester là, près d'elle, de la frôler. Les autres arrivaient au pas dc course. Dans quelques secondes, il faudrait se lever.

— T'es folle, dit-il. Qu'est-ce qui t'a pris ?

— Il ne pouvait rien m'arriver. Tu m'aurais sauvée, de toute façon.

Pablo reprit conscience au bout de quarante-huit heures. Il faisait jour. Pablo vit le plafond carré et le mur face à lui, tapissés de papier journal. Il reconnut les papillons qu'il avait vus en rêve, sur une réclame de lotion capillaire.

Son corps souffrait. Il dénombra dix-sept points douloureux. Des caillots de sang séchaient sur ses cloisons nasales. Ses lèvres avaient enflé. Il était de mauvais poil. Il regrettait d'être vivant. Des élancements à l'estomac lui donnaient la nausée.

Il entendait des bruits. Un frottement, un claquement, répétés. Ça ressemblait à une aile d'oiseau coincée dans un ventilateur. Pablo se retourna sur son matelas. Il eut mal aux reins, aux côtes. La douleur explosa dans son crâne. Il vit une tache floue au milieu de la pièce. Il se concentra. C'était Raquel. Elle jouait avec ses cartes. Ses cartes bizarres. Le petit bruit lent, répétitif et régulier, c'était ça.

— Salut Pablo, dit-elle sans lever la tête. Tu te réveilles ?

Le garçon déglutit. Les muscles de ses joues

répondaient mal. Il avait envie de se montrer hargneux, mais quelque chose le retenait.

— Qu'est-ce que je fous là ? demanda-t-il. Où est-ce qu'on est ?

— Chez une copine. On s'est occupé de toi.

— Oui, ça, j'ai vu. J'ai senti surtout.

— Tu m'en veux ?

Elle leva les yeux vers lui. L'innocence même. Pablo était perplexe. Peut-être que les hommes de Don Sisco avaient cogné trop fort. Peut-être qu'il avait perdu la boule. Il ne lui en voulait pas. Il attendait de voir.

— J'en sais rien, dit-il.

Raquel se pencha sur ses cartes, qui dessinaient des figures géométriques. Elle les ramassa d'un air inspiré.

— Tu vas te remettre. Je sais que c'est dur à encaisser pour toi, mais il fallait bien qu'on en passe par là.

Pablo apprécia le « on ». Elle avait souffert avec lui. C'était touchant.

— Il ne fallait pas qu'on nous prenne à comploter ensemble, dans ma chambre. Maintenant, Don Sisco est calmé. Il est sûr de t'avoir éjecté de la partie. On va pouvoir se mettre au travail. La fille qui t'a soigné s'appelle Anita. Un jour, elle a essayé de doubler Don Sisco. Il l'a assommée avec un tisonnier. Elle a perdu un œil. Elle est d'accord pour vous héberger, toi et tes copains. Pendant la journée. La nuit, elle travaille. Il faudra être correct avec elle. Sinon, je vous coupe les couilles. C'est compris ?

Pablo acquiesça. Apparemment, la situation s'arrangeait. Dommage qu'il n'ait pas les frères Martìn avec lui.

— Ça fait longtemps que je suis dans les vapes ?

— Deux jours. Tu nous as fait peur. Quand tu es tombé dans les pommes, les gars t'ont jeté dans la rue. Sur un tas de fumier. J'ai fait prévenir Anita. Elle est venue avec quelques copines. Elles t'ont ramené ici.

— Tu as vu Eduardo ?

— Oui. Et aussi ton ami, Felipe. Ils sont venus te voir souvent.

Les souvenirs de Pablo se remettaient en place. Eduardo Mendes fuyant dans la rue, sous les réverbères. Felipe Guzman dormant dans la cave à charbon de l'école. Lui, parti tout seul à l'hôtel Colòn pour retrouver Raquel, sans prévenir personne. Quelque chose n'allait pas.

— Comment il a fait, Felipe, pour me retrouver ?

Raquel eut un sourire attendri.

— Il doute de rien, ton copain. Il est venu à l'hôtel.

— Comment ça ?

— Tout seul. Comme une fleur. Il est arrivé jusqu'au bar, il a demandé de tes nouvelles, et il s'est fait sortir. Les filles l'ont rattrapé dans la rue. Il est un peu givré, non ?

Pablo rit. La tendresse le gagnait en pensant à Felipe Guzman.

— Non, il est pas vraiment givré. Il est naïf et rêveur.

Un éclair de surprise passa dans le regard de Raquel. Pablo ressemblait de moins en moins aux autres gosses des rues. Il se dévoilait. Il montrait des sentiments. Il lui plaisait de plus en plus.

— Il faut que tu te reposes, dit-elle. Je vais m'en aller, mais avant…

Laissant sa phrase en suspens, elle saisit son jeu de cartes et se faufila par la porte. Pablo aperçut une silhouette. Anita. Les deux femmes échangèrent quelques mots en chuchotant. Elles pouffèrent. Pour la première fois de sa vie, Pablo était plongé dans un univers féminin. C'était bon. Raquel revint en portant une bassine. L'eau dégageait des volutes de vapeur. Elle referma la porte d'un coup de pied. Pablo l'observait. Son cœur battait fort, il ne savait pas pourquoi.

— On va reprendre notre conversation où on l'a laissée, dit Raquel. Et puis tu vas dormir comme un bébé.

Elle posa sa bassine au bord du matelas.

— Tu peux te redresser ? Essaie.

Il obéit. Ça le lançait de partout, mais il réussit à s'asseoir. Elle fit glisser le drap qui le couvrait. Il retrouva la gêne de s'exposer nu. Mais c'était différent, cette fois.

— Tu peux te lever ?

Pablo tenta de se redresser. Sa tête tournait. Il reprit des forces. Il fit bouger ses orteils. Il actionna ses genoux. La bassine était juste assez grande pour y mettre les deux pieds. Raquel l'invitait à y entrer. Une éponge flottait dans l'eau.

Pablo se mit debout. Un instant, le sang cessa d'irriguer son cerveau. Il vit un éclair blanc. Il eut peur de s'évanouir à nouveau, mais il se remit d'aplomb.

Raquel saisit l'éponge. Elle commença par lui

laver les jambes, en évitant les hématomes. Il sentait l'eau tiède remonter le long de ses cuisses. Il bandait. Il observa le plafond. Raquel continuait de monter. Ses mains enrobèrent le sexe tendu. Elle tira doucement sur le prépuce et dégagea son gland. On ne lui avait jamais fait ça. Il n'avait jamais eu l'idée de le faire tout seul. Il sentit une petite douleur. Il serra les dents.

Un moment, il oublia de respirer. Les caresses étaient douces, mais l'appréhension et la peur de mal faire le tétanisaient.

— Détends-toi, dit Raquel.

Elle lui lava sommairement le dos, le torse et les épaules, et reposa l'éponge. Elle l'invita à sortir de la bassine. Elle s'accroupit devant lui. Elle tenait la racine de son sexe entre ses doigts. Elle lui caressa les fesses. Elle se pencha en avant. Il sentit une partie de son être fondre en elle, dans la chaleur de sa bouche. Il tremblait un peu. Il n'était pas habitué à la douceur. L'émotion menaçait de le submerger. C'était une expérience brutale pour lui. Plus que les coups, peut-être. Mais c'était bien.

Elle le lécha délicatement, méthodiquement. Elle avala son gland. Il gémit. Elle sentit les premières gouttes s'échapper. Elle les avala. Elle recula la tête. Elle attendit qu'il s'apaise. Elle se mit debout devant lui. Elle lui sourit. Elle retira sa robe. Elle le poussa délicatement vers le lit. Elle l'allongea sur le dos. Elle le chevaucha. Il eut l'impression de plonger dans un lac tiède.

Elle allait, elle venait. Elle l'observait. Elle savait qu'il ne tiendrait pas longtemps.

Elle ne fit pas semblant, comme avec un homme

adulte. Elle se contenta de le regarder. Elle souriait tendrement. Tantôt il soutenait son regard, tantôt il basculait la tête, les yeux révulsés.

Les débutants, on ne les voit jamais venir. Elle sentit qu'il se répandait en elle. Il soupira profondément. Ses joues se teintèrent de rouge. Elle fit encore quelques mouvements, en ralentissant progressivement. Elle se retira.

Elle se pencha vers lui. Elle embrassa ses lèvres. Il souriait. Il gardait les yeux fermés. Elle se leva et remit sa robe. Elle vint s'asseoir près de lui. Elle voyait dans son sourire extasié de la reconnaissance, et de la tranquillité. Elle se sentait bien. Elle aimait bien les premières fois. Les rares moments où les hommes se montraient sincères. Elle avait fait quelque chose qui allait compter dans la vie du gamin. Elle murmura son nom. Il répondit par un gémissement étouffé.

Il s'endormait.

Il tomba dans une léthargie obscure, durant quelques heures. Quand il en sortit, Eduardo Mendes et Felipe Guzman étaient là. Ils avaient remplacé Raquel à son chevet.

Ils souriaient tous les deux. Ils se donnaient des coups de coude. Ils s'interrogeaient du regard avant de décider qui allait parler le premier.

Le prestige de l'uniforme joua. Mendes dit :

— On a une bonne surprise.

Aussitôt, il ajouta d'un air peiné :

— Enfin… Il y a une bonne, et une mauvaise surprise. Mais pour nous, il y a du nouveau.

Les hommes de Sisco étaient tombés sur l'oncle Martìn, peu après l'arrivée de Pablo et sa visite malheureuse à l'hôtel Colòn.

En arrivant au matin placeta del Sol, les trois frères avaient trouvé une petite foule agglutinée devant l'atelier. L'atmosphère était lugubre. Les gens s'écartaient pour les laisser passer, sans rien dire. La forge était ouverte. À travers la porte, on voyait que tout avait été chamboulé. Les établis renversés, le grand soufflet percé à coups de fusil. Mais ce qu'on voyait en premier, c'était l'oncle Martìn.

On lui avait passé une corde autour du cou. On l'avait pendu par la lucarne du grenier. Son visage était bleu et boursouflé. Les frères Martìn l'avaient détaché. Ils l'avaient allongé sur une couverture, dans la rue. L'oncle n'avait plus une seule dent en place.

Les flics étaient venus. Ils n'étaient pas restés longtemps. Tout le monde savait qu'ils étaient aux ordres des caïds. L'hostilité des passants les avait fait fuir.

Raùl avait pris contact avec Eduardo. Ils s'étaient retrouvés sur les talus bordant la voie ferrée.

— On sait ce qui va se passer, maintenant, dit Raùl. Don Sisco va attendre quelques jours. Que la colère tombe. Que les gens se calment, que la peur reprenne le dessus. Puis il viendra. Il va nous agiter des factures sous le nez, des dettes que l'oncle aurait soi-disant envers lui. Peu importe qu'elles soient vraies. De toutes façons, le juge sera de son côté.

Mendes prit un brin d'herbe et se mit à le mordiller. C'était bon de se retrouver au centre, sans Pablo, dans un moment aussi dramatique. Il était triste que les choses s'arrangent de cette façon, mais de toute évidence elles s'arrangeaient. Les Buenhombres étaient en train de se reformer.

Prenant un air inspiré, il dit :

— Ça nous laisse quelques jours pour réagir. Je vais prévenir Pablo dès qu'il sera d'attaque.

Les Buenhombres se planquaient. Ils vivotaient, en portant des colis pour la gare de Sansalina, ou pour les paysans les jours de marché. Rien d'illégal. Rien qui rapporte vraiment.

Les filles les hébergeaient. Ils dormaient le jour. La nuit, ils les laissaient travailler. Ils épiaient le trafic.

Ils observaient les maquereaux qui travaillaient pour Don Sisco. Des types quelconques, avec des costumes voyants, couleur pastel. Les macs parlaient de fringues, essentiellement. Ils portaient des bijoux. Chevalières, gourmettes. Entre eux, ils s'appelaient « les hommes ».

On les repérait de loin. Les Buenhombres prévenaient les filles de leur passage. Ça leur donnait le temps de s'organiser. Elles cachaient leur fric. Les garçons gagnaient leur confiance.

Pablo rendit visite à Raquel, pour lui faire un rapport sur les travaux en cours. Anita lui procura un costume, une chemise et des chaussures. En se voyant dans le miroir, il éclata de rire. Anita remua ses cheveux en broussaille. Elle lui prêta son peigne. Puis elle caressa le duvet qui lui poussait sous le nez. Elle lui conseilla de se raser.

Il devait se présenter devant la porte qui donne sur Iturbe à minuit, et attendre qu'on frappe trois coups de l'intérieur avant d'entrer.

Il grimpa sans appréhension. Le frottement du tissu presque neuf sur sa peau, le feu du rasoir sur sa joue, lui rappelaient qu'il avait sa place dans ce genre de maison.

Les choses allaient vite, il aimait ça. Peut-être qu'il fonçait dans un mur, mais au moins, il y allait à fond.

Il frappa à la porte 312. Raquel vint ouvrir. Elle sifflota. Elle le jaugea du regard. Il avait changé. Vraiment.

Il se sentit gauche. Il essaya de la prendre dans ses bras, de l'embrasser. Elle esquiva.

— Tu as eu un acompte. Tu l'as flambé. Tu en auras un autre à la livraison. Si tu es sage.

Pablo fut satisfait de la réponse. Il était en affaires avec Raquel. Elle avait de la considération pour lui. C'était largement suffisant. Il rassembla ses idées.

— Il faudrait attirer Don Sisco dans la rue, dit-il. On est pas assez forts pour venir le descendre chez lui. Et puis, ça foutrait la trouille à tout le monde. Il faut être discrets. L'attirer chez nous. Tu sais, ça fait un moment qu'on les voit faire. Les hommes de Don Sisco se gourent au moins sur un truc : ils se croient encore chez eux dans la rue. Ils croient qu'ils s'imposent par la peur, mais c'est faux. En fait, la rue est à nous. On y vit, on aime les gens qui y vivent. Et ils nous… Enfin, ils nous font confiance. Elles nous font confiance.

Raquel leva le sourcil. La détermination du gamin l'étonnait. Elle se sentit séduite. Elle alluma une cigarette.

— La seule chose qui peut faire réagir un Sisco, c'est le fric. Ça marche à chaque fois. Attrapez un de ses macs. Fauchez-lui son blé, et Don Sisco va rappliquer pour faire le coup de poing.

— Il viendra lui-même ?

Elle acquiesça.

— Il adore ça. Il y va comme à la chasse au lapin. Ça lui redore son blason. Il tabasse les gamins, il tabasse les filles… Tant qu'il est sûr de gagner, il y va.

Pablo frémit. Il repensa à l'oncle Martìn. Il vit Don Sisco faire le boulot. Avec son costume blanc. Avec des gants pour éviter de se salir.

— Ils en sont où, tes copains ? demanda Raquel.

Pablo tiqua. Elle lisait dans ses pensées.

— Tu sais, pour les frères Martìn ?

Raquel lui lança un sourire entendu. Tu m'as comprise, gamin. Tu as bien fait de ne pas me prendre pour une conne. Tu feras bien de continuer.

— Ils rongent leur frein, dit Pablo. On leur a demandé de baisser la tête un moment, et ça ne leur va pas.

— Ils payent Don Sisco ?

— Oui. Ils commencent à être à cran.

— C'est bien. Vous allez faire ce qu'il faut pour que Sisco se sente obligé de bouger son cul. Je me débrouillerai pour savoir quand il va descendre. Je vous préviendrai. Cette nuit-là, pas une fille dans la rue. Pour les filles, ils ne se déplacent jamais à plus de trois. Vous les cueillerez avant qu'ils tombent sur les copines, sinon…

Elle fit un geste avec l'index et le majeur.

— … couic.

Pablo rit. Raquel savait qu'elle pouvait compter sur lui, que ce genre d'avertissement était superflu. Il se sentait bien avec elle. Il voulut prolonger la conversation.

— Tu es sûre que tu sauras, quand Sisco va se décider ?

Elle acquiesça. Elle le poussait vers la sortie.

— Comment tu vas faire pour le savoir ?

— T'occupe.

Le plan de Raquel devint le plan de Pablo. Ils attendirent le signal, et ils lancèrent l'amorce. Ils dévalisèrent l'un des macs. L'homme était seul, il n'avait pas d'arme. Il se pissa dessus dès le début. Pablo s'en voulait d'avoir mis les frères Martìn sur le coup. Il avait abattu trop de cartes. Mais il les avait vus à l'œuvre. Ça avait marché. Simòn était un garçon très doux, mais il avait un don qui n'avait pas de prix dans une ville comme Sansalina. Il foutait la trouille.

Les Buenhombres fêtèrent ça. Ils rendirent l'argent aux filles. En partie, du moins. Ils appliquèrent la règle des 20 %. Ça faisait un paquet. Plus d'argent qu'ils n'en avaient vu de leur vie.

Ils firent deux équipes. Pablo, Agustìn et Raùl surveillaient Don Sisco de loin, avec l'aide de Raquel et des filles de l'hôtel. Felipe, Eduardo et Simòn préparaient l'accueil.

Simòn eut une idée pour occuper la rue le soir de la visite de Don Sisco. Ils répétaient avec les filles, au petit matin. Elles leur prêtaient du matériel. L'idée de Simòn était bonne, sauf pour Simòn lui-même. On savait que Sisco n'allait pas tarder à réagir. Les Buenhombres étaient prêts. Ils attendaient. Ils comptaient sur Raquel pour donner le signal.

Don Sisco fit appeler Raquel à onze heures du soir. Elle portait une robe de chambre en velours râpée. Elle chaussa une paire de mules. Elle fixa ses cheveux en les enroulant autour d'une baguette de bois. Inutile d'en faire plus.

Vingt ans passés, Raquel n'était plus la maîtresse de Sisco depuis longtemps. Elle était mieux que ça. Un jeu de cartes traînait sur la table, avec un paquet de Negritas et un fume-cigarette. Raquel emporta le tout.

La porte était entrebâillée. Don Sisco l'attendait, de dos. Il avait retiré sa veste et son gilet, mais il portait toujours son arme sur la poitrine. Inconsciemment, il bombait le torse, à la manière des grands singes. Il arborait son arme.

Raquel réprima un sourire. Elle s'assit près d'une table basse et y posa ses tarots. Une diseuse de dernière classe aurait compris ce que l'homme souhaitait entendre. Il se retourna. Il tenait entre les mains une statuette en bois peint que des Indiens lui avaient vendue pour cinquante pesos. Il la triturait fébrilement.

Il était mûr. Il savait qu'on avait dévalisé un de ses maquereaux, il préparait une virée punitive dont les filles allaient se souvenir. Raquel sourit. Elle le tenait.

Elle lui tendit le jeu pour qu'il le coupe. Elle prit une carte. Elle la laissa glisser face cachée, la retourna avec un claquement d'ongle, fit une moue, s'accordant un temps de réflexion, la main suspendue en l'air. La roue. Quelque chose va changer. Sisco se tordait les mains. Raquel restait impassible. Elle faisait monter la pression. Elle faisait son travail. Elle le mettait à la torture. Il adorait ça.

Raquel revint au jeu. Le pendu. Les gémeaux. Du chaos. Du danger, du désordre, de nouvelles forces. L'heure de régler les comptes.

Raquel se mordit la lèvre. Une joie sourde, cruelle, la prenait peu à peu. Elle avait envie d'éclater de rire. Elle pensa aux sévices que Sisco aimait infliger. Ligotée, nue, dans le froid, des heures durant, en attendant les coups, les brûlures, les brimades. Elle retrouva facilement son calme.

Elle prit un air inspiré. Sisco soufflait comme un bœuf. Elle observait les cartes. Les signes étaient clairs.

Elle pensa : les forces mal tempérées de la jeunesse risquent d'imposer leur loi. Je te conseille la prudence.

Elle dit :

— Les signes sont favorables à l'action.

Don Sisco émit un grognement de plaisir.

17 mars 1913

Il y avait du vent. Il faisait froid, même pour la saison. Avenida de America, les passants trottinaient pour rentrer chez eux le plus vite possible. Quelques silhouettes fantomatiques arpentaient le trottoir en robe courte. Rares étaient ceux qui tentaient d'échanger quelques mots avec elles. Ceux qui s'y risquaient se détournaient aussitôt, et reprenaient leur course. Ceux qui les saluaient de loin, croyant reconnaître des visages familiers, se trompaient.

Les Buenhombres attendirent minuit. Ils suivaient la consigne. Ils restaient à l'écart. Le vent frais leur labourait les jambes. Les chaussures à talon leur tordaient les chevilles. Le maquillage les démangeait. Ils maudissaient Simòn, avec sa bonne idée.

La calèche finit par se montrer. Don Sisco en descendit, avec deux molosses. Il fit un signe au conducteur, et la voiture reprit sa route.

Il s'était arrêté devant la fille aux cheveux blonds décolorés, à la robe verte. Les deux hommes la secouèrent. Elle perdit sa perruque. Ils firent un pas en arrière, amusés et surpris. Ils échangèrent des sourires, des bourrades. La fille, c'était Eduardo Mendes. Les hommes pivotèrent en entendant des bruits de pas. Les autres filles couraient dans leur direction. Elles lâchaient leurs perruques. Elles balançaient leurs chaussures avec des cris de rage. Elles déchiraient leurs robes. Elles tenaient des bâtons garnis de lames de rasoir. Les coups tombèrent sur les deux hommes de main. Ils se firent massacrer.

Don Sisco avait suivi ses réflexes. Il s'était enfui. Tout de suite. Sans se retourner pour voir si ses hommes prenaient le dessus.

Il courait dans les rues désertes, poursuivi par le vent d'hiver. Il entendait des pas derrière lui. Il se retournait. La rue était vide. C'était dans sa tête.

Il s'appuya contre un mur. Il écouta le silence. Il se força à respirer. Il entendit les sabots, le souffle des chevaux. La voiture était de retour. Le conducteur lui fit un signe de la main. Venez patron, tout est clair. La voiture s'arrêta. La porte s'ouvrit toute seule. Une masse énorme occulta l'ouverture.

C'était un homme. Un très jeune homme, qui dépassait Sisco d'une tête et demie.

Sisco chercha son arme. Il ne pouvait pas la dégager de sa gaine. Il tremblait trop. La main du colosse s'abattit sur son poignet. Sisco gémit.

— Tu me reconnais ? demanda le jeune homme.

Don Sisco hocha la tête.

— Je m'appelle Simòn Martìn. Tu as tué mon oncle. Je vais te taper.

Un premier coup de poing frappa Sisco à la tempe. Son crâne rebondit contre le mur de pierre. Il s'évanouit. Un second le cueillit au vol. Un uppercut à la mâchoire, qui lui brisa deux dents. Un troisième tomba sur sa nuque et lui fêla une vertèbre. Don Sisco glissa à terre. Une pluie de coups tomba sur lui. Désordonnée, brutale. Superflue. Il était mort avant de toucher le sol.

Simòn hissa le corps dans la voiture. Il savait que personne ne viendrait les déranger. Si des flics les croisaient, ils reconnaîtraient la calèche. Ils leur ouvriraient le passage. La voiture se mit en route. Ils allaient enterrer le corps quelque part, dans les champs. Ils seraient de retour au petit matin.

Le conducteur poussa un long soupir. Il avait les mains moites. Il s'épongea le front. Tout s'était bien passé. Il avait eu raison de se laisser convaincre. À son retour, les filles avaient promis de le gâter.

27 mai

Les Buenhombres s'étaient mis à gagner de l'argent. Les filles les payaient, depuis qu'ils avaient abattu Sisco. Ils travaillaient pour les chaudronniers de la calle Mendoza ; pour les commerçants. Ils secouaient les clients qui refusaient de payer ; les gamins qui chapardaient des fruits. Ils allaient parler aux flics trop zélés. Ils les arrosaient pour qu'ils se calment. Ça rendait le commerce plus sain.

Depuis l'angle formé au sud-est par les entrepôts et la voie de chemin de fer jusqu'à San Miguel à l'ouest et aux portes de l'hôtel Colòn, le quartier Mercado était sous leur contrôle. Il fallait fêter ça.

Les garçons avaient pris un bain. Ils avaient découvert le gant de toilette. Le gant de crin. Ils avaient acheté des costumes sous la direction de Raquel et d'Anita. Pablo découvrait avec naïveté le regard des femmes sur eux. Elles étaient gourmandes. Elles regardaient leurs torses, leurs épaules. Leurs fesses. Elles les touchaient avec des gloussements approbateurs, sous prétexte de lisser des faux plis.

Le cœur de Pablo battait. *Chinga.* Les filles aussi nous regardent. Elles aussi, elles ont envie. Elles ne le font pas que pour du fric. Pas toujours. Pablo se rappelait les étreintes furtives, les baisers volés dans la cave à charbon de l'école Sainte-Lucie. Il tombait des nues.

Il s'agissait de mettre la main sur l'hôtel Colòn. Officiellement. Les garçons avaient invité toute la ville. Ils avaient cassé leur tirelire. Ils avaient arrosé les portiers, les liftiers, les barmens, les filles, l'orchestre, les hommes de main. Le maire serait là. Tout le monde avait palpé sans broncher. Tout le monde se soumettait. On changeait de propriétaire. Les garçons se croyaient arrivés. Raquel mit les choses au point.

— Vous connaissez l'histoire de Cendrillon ?

Ils échangèrent des regards inquiets. Raquel poursuivit, imperturbable.

— Un bébé vient de naître, au château du roi. On organise une grande sauterie. Seulement la fée Carabosse n'a pas été invitée. Elle est furieuse. Elle débarque à l'improviste, et elle fout le bordel.

— Qui c'est qu'on a pas invité ? demanda Pablo.

— Vous avez eu Fernando, vous avez eu Sisco, et par miracle, vous êtes encore vivants. Mais il reste quelqu'un. Battista. L'homme le plus riche de la ville. Les usines de papier sont à lui. Il dirige le syndicat.

— C'est quoi le syndicat ? demanda Raùl.

Mendes secoua la tête. L'ignorance de ses complices le consternait. Raquel alluma un cigare fin comme un trait de crayon.

— Au début, pas grand-chose, dit-elle. Une douzaine de types engagés pour casser les grèves. Et puis, Battista est devenu inquiet. Il s'est mis à payer des gens, pour le renseigner. Je te prête cent pesos, tu me les rends quand tu veux. En attendant, si tu entends dire du mal de moi, rapporte. On raconte qu'il a des hommes à lui partout maintenant. En ville, et ailleurs. Des espions. Des cireurs de chaussures, des marchands des rues, des curés, des flics… Une vraie armée. On appelle ça « la Garde Blanche ».

Un silence lugubre s'installa. La Garde Blanche, tout le monde connaissait. Mieux que Cendrillon. On s'en servait dans les familles. Mange ta soupe, sinon la Garde Blanche va venir. Elle va brûler la ferme. Elle va tuer tes parents.

Les garçons n'étaient pas sûrs d'aimer cette histoire. C'était rassurant, d'apprendre que leur croquemitaine à eux n'était rien de plus qu'une milice, mise en place par un chef de bande névrosé. Ce qui l'était moins, c'était de penser que la Garde Blanche existait vraiment.

Le silence devenait pesant. En le rompant, Mendes soulagea tout le monde.

— Tu crois qu'il faut inviter Battista ? demanda-t-il.

Raquel eut un drôle de sourire.

— Trop tard. S'il vient, il viendra armé, avec toute sa clique. Mais y a peu de chances. Ce serait pas le moment. L'hôtel Colòn sera bondé, il y laisserait des plumes, il le sait. Mais y aura sûrement des hommes à lui. Faites gaffe à ce que vous dites. Et à qui vous parlez. Méfiez-vous aussi des hommes de Sisco. Les anciens. Pour eux, vous n'êtes qu'une bande de petits morveux. Il y aura aussi d'autres petits morveux, des comme vous, qui sont pas allés aussi loin, aussi vite. Il faudra peut-être jouer du couteau. Mais surtout, ce qui serait bien, ce serait que vous vous serviez de…

Touchant sa tempe du bout de l'index.

— Ça.

La bonne humeur des préparatifs était retombée. Seul Pablo souriait. Il voyait où Raquel voulait en venir, ça lui plaisait. Les garçons ne pouvaient pas s'arrêter maintenant. La guerre allait continuer. Ils avaient foutu la trouille à tout le monde. Ils avaient mis un grand coup de pied dans la fourmilière. C'était la fin des quartiers, la fin des gangs. Il n'y aurait plus qu'un seul gang, et ce serait le leur. La bannière des Buenhombres allait unifier la ville. Ce serait ça, ou la mort. Pablo croisa le regard de Mendes. On pouvait y lire plusieurs sentiments.

Raquel fit une pirouette, décrochant au passage son chapeau et sa veste pendus au perroquet.

— En attendant, c'est l'heure, dit-elle. Faut y aller.

Les Buenhombres s'étaient acheté une Ford. Mendes prit le volant. Sur le trajet, ils débouchèrent une bouteille de vin pétillant qu'ils burent dans des verres. Ils s'amusaient à les faire tinter les uns contre les autres ; ils admiraient les bulles. Ils pensaient avoir atteint des sommets d'élégance. Ils n'avaient jamais vu une coupe de leur vie. Personne ne leur avait parlé du cristal. Ni du vrai champagne.

La Ford s'arrêta devant la porte. Six hommes étaient postés à l'entrée. Mendes bondit hors de l'auto. Il exultait. Les Buenhombres saluèrent les hommes en passant. Pas lui. Il lança les clefs de la voiture au plus gros d'entre eux, un quinquagénaire bouffi au nez en chou-fleur.

— Va me ranger ça, dit-il en désignant la Ford.

Felipe Guzman repéra le regard noir de Pablo sur Mendes.

Arrête de frimer, petit con. On n'a pas encore gagné. Rappelle-toi ce que t'a dit la dame.

En entrant dans la salle, Pablo eut le souffle coupé. Une foule les attendait, tirée à quatre épingles. On les accueillit avec des cris de joie. Des hommes en costumes de pingouins, des femmes en robe de mariée. Les Buenhombres fendirent la foule, conduits par Raquel. Un espace se creusait autour d'eux. Les femmes les regardaient langoureusement. Les hommes les laissaient faire.

Ils atteignirent le milieu de la pièce. L'orchestre s'arrêta de jouer. Raquel prit Pablo par la taille.

— Fais-moi danser. Ouvre le bal.

Regard paniqué de Pablo. L'orchestre entamait un nouveau morceau.

— Te fais pas de bile, dit Raquel. Suis-moi.

Les lustres tournoyèrent. Pablo avait le cœur au bord des lèvres. Raquel l'encourageait du regard.

Il avait envie d'elle. Bientôt, d'autres couples les rejoignirent. Ils se noyèrent dans la foule.

On avait installé un buffet sur une table immense. Il y avait plus de plats préparés que les garçons n'en avaient jamais vu de leur vie. Guzman et les frères Martìn avaient du mal à se retenir. Jusqu'à ce qu'ils voient les invités se ruer sur les plats. Ils attaquaient la chair des coquelets avec des cuillères à soupe. Ils attrapaient les parts de cake à pleine mains, ils mélangeaient les vins. De pleines écuelles valsaient. Les coupes se fracassaient par terre. Les nappes immaculées passaient un mauvais quart d'heure.

Eduardo Mendes dansait à contretemps. Il s'arrêtait en cours de route pour embrasser sa cavalière. Il ne lâchait pas son verre de whisky. Il en renversait parfois sur le dos de ses partenaires. Elles faisaient semblant de rien.

Pablo était nerveux. Pour la première fois depuis qu'il avait quitté Tres Piedras, il n'était plus sur la corde raide. Il ne voyait plus le danger en face. Il était désœuvré. Les recommandations de Raquel l'obsédaient. L'ennemi était là, peut-être. Invisible. Tous les visages autour de lui souriaient, par précaution. Qu'y avait-il derrière ces sourires ? Comment savoir sur qui il pouvait compter ? Pablo ne connaissait pas ces gens. Leurs conversations l'ennuyaient. Il ignorait tout des bars à la mode, des cocktails à la mode. Du théâtre. Il ne savait pas se servir d'une fourchette.

Guzman et les frères Martìn en avaient fini avec le buffet. Quand il voulait changer de danseuse, Mendes leur apportait des filles. Raùl bavardait. Agustìn se trémoussait. Guzman rougissait. Le grand Simòn rougissait en regardant le plancher.

Pablo commençait à sentir les muscles de ses mâchoires. Il fallait qu'il se calme. Qu'il trouve quelque chose à faire. Raquel s'approcha. Elle portait deux verres longs et fins, remplis d'un liquide doré pétillant.

— Goûte-moi ça. C'est autre chose que votre piquette à la con.

Pablo vit les bulles qui couraient le long du fuseau cristallin. Il en flaira le parfum subtil. Raquel en prit une gorgée dans sa bouche, elle avança les lèvres vers lui. Sa langue glissa sur la sienne, enrobée de bulles et du liquide frais et sucré. Il avala le vin mêlé de salive. Les bulles explosaient dans sa bouche. Il se détendit rapidement.

Raùl s'était accroché au bar. Il déblatérait en compagnie de deux filles rousses, l'une vraie et l'autre non. Elles le mangeaient des yeux.

Simòn avait trouvé une combine pour échapper aux assauts féminins. Il sympathisait avec les hommes de Sisco. Un tournoi de bras de fer était lancé. Personne n'arrivait à le battre.

Vers une heure du matin, Pablo s'éclipsa pour fumer un cigare sur le balcon. Mendes vint s'affaler près de lui. Il sentait fort le parfum. Différents parfums. Son front était en sueur. Il le poussa du coude.

— T'as le cafard, chiquito ?

Pablo s'interrogea. Cafard ? Non. L'ivresse montait, elle rendait tout agréable. Pas de cafard. Un sentiment de manque, qu'il entretenait avec perversion. Son jardin secret.

— Tu penses à elle ?

— Je pense à elle tout le temps. Un jour, je la ferai venir.

— Pourquoi pas maintenant ? On a du fric.

— Pour elle, il va me falloir plus que du fric. Je veux avoir, heu…

— La classe.

Pablo acquiesça.

— En attendant, tu gamberges.

— Exactement.

— T'as raison. Ça a du bon, la nostalgie. Ça rend calme.

Pablo observa son ami. Il oubliait que, parfois, Eduardo Mendes était capable d'un peu de profondeur. Et qu'il connaissait des mots comme « nostalgie ».

Des cris de joie retentirent sur le balcon. Une bande de fêtards arrivaient. Six femmes et un homme. Éméchés. L'homme portait une épingle en argent à la cravate. Mendes se détacha de la balustrade pour attirer leur attention. Peut-être seulement pour la frime ; peut-être aussi pour laisser à Pablo le temps de se reprendre.

Quelques minutes plus tard, à la demande des dames, Eduardo montra son couteau. Il fit quelques gestes pour simuler un combat de rue. Applaudissements. Petits rires gutturaux. Le balcon se peuplait. Les frères Martìn étaient là. L'homme à la balafre aussi. Il observait Mendes du coin de l'œil.

Mendes rangea son couteau. Il sentait qu'il impressionnait les gens riches, les femmes surtout. Il aimait les voir avancer le bassin, quand il prenait des grands airs. Quand il parlait de sang. Elles aimaient le sang.

— N'importe qui peut mettre n'importe qui au tapis, dit-il. Il faut être rapide. Il faut avoir des nerfs d'acier.

— Ah ouais ?

Le silence se fit sur la terrasse. L'homme au nez en chou-fleur avait craqué. Mendes sourit. L'homme s'avança. Il se planta devant lui.

— Tu sais pas de quoi tu parles. Moi je dis que tu devrais arrêter de faire le malin. Je dis que t'es un peu jeune pour ça.

Mendes voulut ressortir la lame. Il n'eut pas le temps d'amorcer le geste. L'homme à la balafre avait saisi son poignet. Il était rapide, lui aussi. Et dix fois plus fort que Mendes. Le garçon grimaça, pâlit, puis gémit. Les cartilages craquaient. Le couteau tomba sur la dalle. L'homme se baissa pour le ramasser, sans lâcher le poignet de Mendes.

— Tu vois…

Mendes tremblait, maintenant. De sa main libre, il essayait de se dégager.

— Lâche-moi. Lâche-moi, putain…

L'homme se pencha lentement, les dents serrées.

— Parle-moi poliment.

Mendes risqua un regard à la ronde. Personne pour l'aider. Les frères Martìn le désapprouvaient.

Pablo était à deux doigts de ricaner. Tu es dans la merde, sors-toi de là tout seul. Mendes sentit les larmes lui monter aux yeux. La douleur, et l'humiliation.

— Lâchez-moi, s'il vous plaît.

— Señor.

— Lâchez-moi, señor, s'il vous plaît.

L'homme obéit. Il recula lentement, sans quitter Mendes des yeux. La suite dura quelques secondes. Mendes bondit sur l'homme à la belle cravate. Il arracha son épingle et la planta dans la cuisse de l'homme au nez épaté. Il la retira aussitôt et bondit en arrière. La blessure faisait un petit trou, juste sous l'aine. Elle avait l'air bénigne. Tout le monde croyait que l'homme allait tuer Mendes. Mais Mendes savait que l'homme n'allait pas se venger. Ils le savaient tous les deux.

L'épingle avait traversé l'artère. Déjà, l'homme sentait le sang se répandre. Imbiber son pantalon. Dans quelques secondes, tout le balcon serait inondé. Cinq minutes plus tard, s'il ne trouvait pas un bon médecin, il n'aurait plus de sang dans le corps. Il disparut en claudiquant.

Mendes salua à la ronde, comme un acteur. Il rendit l'épingle ensanglantée à son propriétaire, qui la recueillit avec dégoût, entre le pouce et l'index. Les frères Martìn hochaient la tête. Ils venaient de comprendre une chose pénible. Ils n'étaient plus dans la cour de l'école. La loi avait changé. Raùl partit à la recherche d'un médecin, pour tenter de réparer les pots cassés. Le balcon se vida en quelques instants.

Une heure plus tard, Pablo comprit qu'il avait trop bu. Il devenait mauvais. Au début, l'ivresse avait été douce. Maintenant, la terre chaloupait. Les gens parlaient trop fort. Ils riaient trop fort. Combien d'entre eux travaillaient pour Battista ? Combien étaient là pour le tuer ? Combien avaient suffisamment peur de lui pour y renoncer ? Ça faisait longtemps qu'il n'avait tué personne. Peut-être que tout le monde avait déjà oublié. Il faudrait peut-être qu'il tue quelqu'un au hasard, maintenant, pour qu'ils se rappellent. Comme Eduardo tout à l'heure. Un geste agressif, méchant, rapide et gratuit.

Pour conjurer l'ivresse, Pablo chercha des idées qui pourraient inspirer la peur. Des images lui venaient. Il incendiait l'hôtel. Il s'en prenait aux gens qu'il aimait, juste pour prouver que personne n'était à l'abri de sa fureur. Ça ne marchait pas. Son état ne faisait qu'empirer. Les images sanglantes, l'idée du danger, accéléraient son rythme cardiaque. L'alcool tournait dans ses veines, de plus en plus vite. Le décor surchargé de l'hôtel, avec ses ornements dorés et ses moulures en stuc, l'écœuraient.

Une main se posa sur sa poitrine. Des ongles longs. Rouges. Il tressaillit.

— T'as un coup de mou, dit Raquel. Viens, je sais ce qui te faut.

Pablo la suivit jusqu'à sa chambre. Quelques minutes plus tard, ouvrant une boîte en ébène aux contours de nacre, elle ajouta :

— Cocaïne.

Ils firent des expériences. Raquel déposait de cette poudre au goût amer sur différentes parties de son corps, demandant à Pablo de les lécher. Elle en mettait sur le bout de sa langue. Sur le bout de ses seins. Sur son sexe.

On vint frapper à la porte. Une certaine Carla. Raquel ne prit pas la peine de se rhabiller pour ouvrir. Carla les rejoignit sur le lit. Ils firent de nouvelles expériences.

Raùl avait trouvé un médecin. Il avait accompagné le blessé dans une chambre vide. Le médecin avait recousu la plaie. Les draps étaient foutus. Raùl était resté durant toute l'opération. Il avait parlé longtemps. Il avait condamné la fierté mal placée de Mendes. Il s'était excusé dix fois pour lui. Il jura que ça n'allait pas se reproduire. Il quitta la chambre au bout d'une heure. Son estomac se révulsait. Il avait sauvé la vie d'Eduardo Mendes.

Pourquoi, au fait, avait-il fait ça ?

Dans le couloir, Raùl fit une rencontre. Le grand Simòn bavardait avec une fille. Elle avait les cheveux très noirs. Elle portait le costume léger des serveuses, les jambes habillées de résille, le décolleté ouvert jusqu'à l'aréole. Simòn semblait parfaitement à l'aise. Raùl passa près d'eux sans qu'il le remarque. L'alcool avait peut-être une bonne influence sur Simòn. Ou le costume de la fille, tellement dénudé, au lieu de l'intimider, l'apaisait. Ou bien cette fille avait un don pour parler aux mécaniciens de plus de deux mètres.

Raùl descendit dans la grande salle. La fête

battait son plein. Guzman et Agustìn étaient allongés sur le bar. Agustìn servait des Tequilas à des dames très bien. Ils s'amusaient. Les dames glissaient les verres entre leurs seins. La Tequila se renversait souvent. Guzman léchait les gouttes.

Raùl observait la salle du haut des escaliers. Les deux rousses étaient affalées dans un sofa. Elles s'ennuyaient. Parfait. Raùl descendit. Il avait bien travaillé pour le groupe. Tout le monde s'amusait, les dangers étaient écartés, la fête était réussie. Il méritait un peu de réconfort.

Le petit jour pointait. L'hôtel Colòn sombrait dans le sommeil. Raquel était étendue sur le ventre, elle fermait les paupières. Pablo était couché près d'elle, la tête appuyée sur ses reins. Il admirait le fin duvet que le courant d'air frais soulevait sur ses fesses. La joue qu'il appuyait sur elle était incandescente. Leurs sueurs se mêlaient.

— Alors, tu peux me le dire maintenant, murmura Pablo.

Raquel émit un râle à peine audible.

— Pour Don Sisco.

Elle roula mollement sur le flanc.

— Quoi ?

— Tu es venue nous voir chez Anita. Tu nous as dit : « C'est pour demain. » Et c'était vrai. Comment tu as su ? Il te l'a dit ?

Elle émit un soupir satisfait.

— Moi, je lui ai dit. Je lui tirais les tarots. C'est moi qui vous l'ai envoyé. J'ai choisi le jour de sa mort.

— Il croyait aux tarots ?

— Bien sûr. Tous les caïds sont superstitieux. Ils ont leurs petites manies. Colòn, l'ancien propriétaire de l'hôtel, il se passait les yeux au khôl.

— Comme une fille ?

— Hm, hm. Battista, il fait goûter tout ce qu'il mange. Il a la même maîtresse depuis trois ans. Il la fait surveiller. Il la force à se raser complètement. Tous les poils, les cheveux, tout. Quand elle sort, elle met une perruque et des faux sourcils. Battista croit qu'on veut lui refiler la vérole, pour le tuer.

Pablo faillit s'étrangler.

— Tu déconnes !

— Non, je te jure. Ils ont tous des trucs comme ça. Sisco, c'était les fétiches. Il collectionnait les pattes de lapin. Il me voyait, moi ; il voyait des Indiens, tous ceux qui lui promettaient de lui porter chance. Les caïds ont tous un grain. Ça doit être la pression…

Elle enfouit ses doigts dans les cheveux de Pablo.

— Pourvu que ça t'arrive pas, à toi.

Il souleva légèrement la tête.

— Moi ? Je suis pas un caïd.

Elle resserra les doigts sur ses cheveux et le força à relever la tête.

— Dis pas de conneries, Pablo. Tu es mon amant, maintenant. Tu es le caïd de Mercado sur.

Pablo frissonna.

Il ne pensait pas que les choses auraient pu aller si vite.

— Je ne serai pas comme eux.

Raquel relâcha son étreinte. Elle lui caressa la joue. Elle conclut dans un soupir :

— Espérons. Qui sait de quoi demain sera fait ?

Ils s'endormirent.

13 avril 1927

Guzman et Dolores roulaient depuis plusieurs heures, quand ils aperçurent le premier panneau indiquant Sansalina. La pancarte était abîmée. Un trait de crasse barrait le « n » à droite, et une éraflure effaçait à moitié le premier « a », n'en laissant visible que la barre verticale. Un observateur peu attentif aurait lu : « Sinsalida ». Sans issue.

Le circuit de refroidissement fuyait. Ils s'arrêtèrent à l'entrée d'une ferme pour demander de l'eau. Guzman remplit le radiateur. Ils firent quelques pas le long de la route pour se dégourdir les jambes. La veille, ils avaient dîné dans une cantina. Ils avaient bu de la bière. Dolores n'avait plus peur de Guzman. Elle avait envie qu'il la touche. Elle n'avait pas ressenti ça depuis longtemps.

— Vous dites que Pablo va mal. Qu'est-ce qu'il a exactement ?

Guzman grimaça. Il avait de la poussière sèche dans la bouche. Il déglutit.

— Je sais pas bien. Ça s'est fait petit à petit. Ça a pris des années. Apparemment, il s'est mis à voir… des gens.

Guzman s'interrompit. Il regardait le sol à quelques mètres de lui. Son regard vide exprimait un doute inquiet.

— Comment ça ? Quelle sorte de gens ?

— Des gens qui sont morts.

Qu'as-tu fait à cette fille ?

Juin 1916

Pablo se réveilla en sursaut. Il sentait le contact du corps allongé près de lui. Il était contrarié. À part Raquel, il ne dormait jamais avec une femme une nuit entière. Il insistait là-dessus. Le matin, il commençait au laudanum et à la bière. Il ne lâchait pas le morceau. Il passait au whisky, puis il attaquait les pilules de Mendes. Ses trucs d'Indien. Il se lâchait. À ce stade, il n'attendait plus du sexe qu'une stimulation violente. Il ramenait des filles pour ça. Il ne leur demandait pas leur prénom.

Il n'avait aucun souvenir de celle qui était allongée près de lui. Le haut des cuisses de la fille touchait ses fesses, et il sentait ses poignets contre ses omoplates. Le contact était froid. Désagréable. Pablo se calma. Inutile d'engueuler la fille. Une fois réveillée, elle disparaîtrait sans un mot.

Il fouilla ses souvenirs de la veille. Il voyait des visages. Pas de fille. Pas dans sa chambre. Pourtant, ils avaient dû s'amuser, tous les deux. Les draps étaient poisseux.

Pablo joua à imaginer le visage de sa partenaire. Il prit des paris. Brune, blonde ? Il se décida à pivoter sur un coude. Il était de bonne humeur.

Il vit la fille. Il se leva d'un bond. Son cœur cognait. Il tourna sur lui-même, terrorisé. Il se rua vers le fauteuil où il avait rangé ses affaires. En crabe. Pour garder un œil sur les deux entrées de la chambre. Une porte fermée, sur le cabinet de toilettes. Une autre, entrebâillée, vers le salon. Il surmonta sa crainte et s'approcha du lit. Il prit son revolver, enroulé dans un étui mexicain, coincé sous le matelas. Il libéra l'arme de l'étui, qu'il posa délicatement au sol. Il fallait faire des gestes lents. Ça faisait moins de bruit, ça l'aiderait peut-être à retrouver son calme.

Il fit basculer le bloc barillet-canon. Six cartouches. Il referma son arme en tentant d'étouffer le bruit avec les doigts. Il marcha vers la porte des toilettes. Il tendit l'oreille. D'un seul geste, il tourna la poignée et poussa la porte. Il fit un mouvement de recul, en visant bras tendus. La pièce était vide. Pablo s'approcha de la seconde porte. Il avait fait du bruit. Il s'était signalé. Si quelqu'un l'attendait dans la suite, il devait déjà cavaler vers lui. Il fallait y aller au culot.

Pablo poussa la porte du pied et bascula dans le salon aussi vite que possible.

Vide.

Pablo commença à se calmer. Il finit son tour. Il regarda aux fenêtres. Il ferma les rideaux. Il verrouilla la porte d'entrée. Il retourna dans la chambre.

La fille était étendue sur le côté, en chien de fusil. Tournée vers l'endroit où Pablo avait dormi. Son sang s'étalait jusque-là. Son ventre était ouvert du nombril au sternum. Son foie avait glissé sur les draps. On voyait une partie de ses intestins. Elle avait beaucoup saigné. Le couteau était posé sur la table de chevet. Un poignard à lame automatique. Pablo en avait un comme celui-là.

La fille avait la peau marbrée par endroits. Elle portait des marques de brûlures. À la cigarette. Pablo connaissait ce genre de blessures. Il en avait vu faire sur des gars qu'il avait besoin d'impressionner. Jamais sur des femmes.

Pablo s'assit sur le lit. Il caressa du bout des doigts la jambe de la fille. Il avait envie de pleurer.

Son revolver pesait une tonne. Il le souleva vers sa bouche en ouvrant les lèvres. Il arma le percuteur. Il hésita avant d'appuyer sur la détente. Il se dit : jouons. Il retira trois balles. Il les posa sur la table. Il fit tourner le barillet. Une chance sur deux.

— Un peso sur Pablo Zorfi.

Il écarta les dents pour y glisser le canon de son arme. Il appuya sur la détente. À fond. Le cliquetis ne le soulagea pas. Il reposa son arme. Il tendait le bras vers le combiné du téléphone. Il fit appeler Eduardo Mendes.

La petite amie de Battista en avait eu assez. Elle voulait sortir sans perruque. Elle l'avait égorgé dans son sommeil, avec son rasoir. Puis elle était descendue ouvrir aux hommes de Pablo Zorfi. Ceux de Battista s'étaient rendus.

Pablo s'était payé un costume tout neuf. Noir, dans une matière brillante dont il ignorait le nom. La ville était à lui maintenant. Tout le monde l'aimait. Ceux qui ne l'aimaient pas avaient la trouille.

Il ne lui restait qu'un seul ennemi. Un paysan pouilleux, sans défense. Ce serait vite réglé. Pablo n'aurait qu'à claquer des doigts et l'homme viendrait s'effondrer sur le tapis de son bureau, la gueule en sang.

On verrait ça plus tard. Pour l'instant, Pablo avait un nouveau costume, et il se regardait dans la glace. Il admirait le tissu — il n'arrivait pas à s'en lasser. Quand il pivotait, des reflets dansaient sur les mailles étroites et gracieuses. Chaque mouvement avait la douceur d'une caresse.

Pablo fit pivoter le miroir. L'image de Raùl Martìn apparut. Merde. Pablo l'avait oublié. Raùl avait demandé à le voir, seul. Pablo l'avait invité dans sa chambre, pour lui montrer son costume. Il avait renvoyé tout le monde ; les loufiats, le tailleur, les gardes du corps. Raùl était resté. Assis sur le bord du lit, les poings serrés entre ses genoux. Immobile. Tellement immobile et muet que Pablo avait fini par l'oublier, perdu dans sa propre contemplation.

— Tu fais la gueule ? T'aimes pas mon costume ?

Raùl releva la tête. Pablo tiqua. Une poussière s'était posée sur son épaule. Elle jurait sur le tissu neuf, immaculé. On ne voyait qu'elle.

— On va partir, Pablo.

— Ah ouais, où ça ?

Pablo aurait dû balayer la petite poussière d'un revers de la main, d'un geste automatique, mais quelque chose l'en empêchait.

— Non. Quand je dis « on va partir » c'est nous. Juste nous. Simòn et moi.

— Où ça ?

Le dégoût. Cette poussière le dégoûtait. Elle le dégoûtait trop pour qu'il la touche. Bizarre.

Raùl soupira.

— On ne va nulle part, Pablo. On arrête, c'est tout. On quitte la bande.

Pablo cessa enfin d'observer son épaule. Il regardait maintenant Raùl. Plus exactement, le reflet de Raùl.

— Ah bon ? Et Agustìn ?

— Agustìn, il reste avec toi. Enfin, avec vous.

Raùl se leva. Il contourna la tête de lit pour échapper au miroir pivotant. Il voulait que Pablo le regarde, vraiment.

Pablo s'y prêta en souriant. Il tentait de se

montrer à l'aise. Il avait bien compris le message. Les frères Martìn quittaient le navire. Bon. Aucun problème. Il ne leur en voulait pas. Il leur faisait confiance. Il n'y aurait pas de vendetta. Pablo devait se montrer détendu pour bien signifier à Raùl qu'il pouvait partir tranquille.

Mais c'était difficile. Raùl avait une poussière sur l'épaule. Pablo ne pouvait pas l'enlever à mains nues. Il ne pouvait pas demander à Raùl de le faire.

Les deux hommes se regardaient dans le blanc des yeux, chacun cherchant à percer les pensées de l'autre, mais c'était sans espoir. Le face-à-face devenait pénible. Il fallait faire quelque chose. Pablo ouvrit les bras. Ils s'étreignirent. Quelque chose les gênait. Les armes qu'ils portaient à la poitrine.

— Vous allez me manquer.

— Tu peux te débrouiller sans nous, maintenant.

— Je sais.

Il y eut un silence. Raùl recula de quelques pas.

— Qu'est-ce que vous allez faire ? demanda Pablo.

Raùl haussa les épaules.

— Reprendre le garage.

Pablo opina. Raùl s'approchait de la porte. Avant de poser la main sur la poignée, il ajouta :

— Il faut pas nous en vouloir. Ça va trop loin, maintenant.

Pablo avisa un mouchoir propre, plié sur la table de chevet.

— Je ne vous en veux pas.

Un mouchoir blanc.

— Il faut comprendre.

— Je comprends.

Raùl ouvrit la porte, sans s'engager à l'extérieur.

— Tu vas vraiment le faire ?

Pablo secoua la tête. Il ne savait pas à quoi Raùl faisait allusion. Il retenait sa respiration. Quelque chose de malsain pouvait s'échapper de la poussière, corrompre l'air, et s'introduire dans son corps. Il se rappela brusquement l'étreinte qu'ils venaient d'échanger. Raùl venait du dehors. Combien de poussières avait-il ramassées ? Combien étaient restées sur son costume à lui, son costume tout neuf ?

Raùl resta sur le seuil pendant une éternité. Il acquiesçait sans approuver. Puis il murmura :

— C'est ta vie, après tout. Tu fais comme tu veux.

Il quitta la pièce et la porte se referma doucement.

Pablo saisit le mouchoir avec un cri plaintif. Il s'essuya. Il s'essuya longtemps après que la dernière poussière eût quitté son costume.

Debout devant l'hôtel Colòn, Raùl Martin tenta de faire le bilan. Il était triste. Triste de quitter la bande. De constater l'échec de leur entreprise. Il avait peur aussi. Rétrospectivement. Il pensait à ce qui aurait pu se passer si Pablo n'avait pas été dans un de ses bons jours. S'il avait eu une de ses fameuses crises.

Beaucoup de choses avaient changé depuis la cour de l'école. Ils avaient remplacé les bouts de bois par de vraies armes. Ils avaient tué ensemble. Ils avaient vu des hommes se retourner contre leurs anciens amis.

Pablo pouvait changer d'avis et décider de les abattre, par précaution. Raùl pensait à son regard flou, absorbé par son reflet dans le miroir.

Pablo avait une centaine de moyens de le retenir. Il n'avait même pas essayé.

Peut-être avait-il un plan. Peut-être le laissait-il croire à sa liberté, pour les prendre tous les deux. Peut-être allait-il mettre le feu au garage, avec les deux frères à l'intérieur, des hommes armés à la porte, prêts à les cueillir s'ils tentaient de s'échapper.

Non. Pablo n'était pas ce genre d'homme. Il était fou, mais loyal. Il n'ourdissait pas dans l'ombre. C'était le boulot d'Eduardo Mendes.

En même temps, Pablo avait un projet. Un projet qui donnait à Raùl des brûlures d'estomac. Sans s'en rendre compte, Raùl avait pressé le pas.

Il pensait au projet de Pablo maintenant. Oui, ils avaient bien fait de quitter le navire. Les intimidations, d'accord.

Le racket, si c'était pour la bonne cause… Mais ça. Non, ça, c'était une affaire privée. Ça regardait Pablo et ses souvenirs. Pablo et ses fantômes. Ça, c'était du délire. Même Eduardo et Felipe auraient dû se tenir à l'écart.

Peut-être qu'Agustìn allait continuer de fricoter, au moins avec Guzman. Ils s'entendaient bien tous les deux. Tant mieux. Avec Agustìn, ils auraient un allié dans la place. Quelqu'un pour les avertir si les choses tournaient mal.

Mais il fallait écarter Simòn. Simòn n'avait pas la force d'esprit pour résister au délire ambiant. Une fois, déjà, il avait craqué. Ça pouvait le reprendre n'importe quand. Et si Simòn craquait, personne ne pourrait le retenir.

Exécution R. Zorfi.

14 février 1917

Il pleuvait sans discontinuer depuis plus de trois heures. La terre était trempée. Les hommes avaient tendu une bâche pour essayer de se protéger. Pour empêcher la boue de retomber dans la fosse. Des rigoles coulaient. Les bords s'affaissaient. La flaque au fond du trou grossissait de minute en minute.

Pablo voulut fumer une cigarette. Ses allumettes étaient trempées. Le papier s'imbibait d'eau. La cigarette se déchira entre ses doigts. Pablo râla. La Ford était en retard. Un des hommes le tira par la manche pour attirer son attention. Il posait un doigt sur ses lèvres, en se retenant de rire. Il désigna un homme qui urinait, sous le rebord de la bâche. Les autres étaient restés à l'abri. Ils pouffaient en silence. La bâche était bombée. Les piliers pliaient sous le poids de l'eau. Les hommes prirent leurs pelles. Ils soulevèrent la bâche à l'aide des manches, pendant que l'un d'eux dirigeait le flot vers celui qui finissait de se soulager, le bassin en avant pour faire tomber les dernières gouttes.

L'homme reçut une vraie trombe et jura. Son chapeau s'était retourné ; les bords lui tombaient sur les yeux. Ses compagnons se tenaient les côtes. Pablo sourit. L'un des hommes retrouva brusquement son sérieux.

— Eh, patron, regardez, les voilà !

À travers le voile de pluie, on voyait les deux phares jaunes scintiller. La Ford allait dangereusement de droite et de gauche. Elle patinait en montant vers eux.

Eduardo Mendes était au volant, Felipe à la place du mort. Ils laissèrent les phares allumés. Le moteur continuait de tourner. La tôle du capot fumait. Eduardo et Felipe sortirent. Ils contournèrent le véhicule, et ouvrirent les portes arrière. Ils en tirèrent un vieil homme décharné, les bras menottés dans le dos. Ils le prirent par les épaules et le poussèrent en direction de Pablo. Ils s'arrêtèrent à quelques mètres, sous la pluie. Pablo vint les rejoindre. L'un des hommes lui avait passé un fusil.

L'homme avait perdu sa veste. Il était torse nu. Il grelottait. Quand il croisa le regard de Pablo, ses yeux s'éclairèrent d'abord d'une lueur d'espoir, puis s'éteignirent soudain. Pablo le regardait durement. Il serrait le manche du fusil à le briser. Il ne laissait planer aucun doute sur ses intentions.

L'homme voulut parler. Pour négocier, sans doute, pour faire valoir les droits du sang. Il n'en eut pas la force. Un son grotesque et désarticulé s'échappa de sa bouche meurtrie. En son for intérieur, Pablo remercia ses hommes d'avoir cogné assez fort.

Pablo libéra le cran de sûreté de son fusil, il engagea une cartouche dans la chambre. Il y avait dans son geste quelque chose de mécanique qui le fatiguait.

Il avait manipulé beaucoup d'armes, ces derniers temps. Ça n'avait plus rien d'amusant.

Le vieil homme tomba à genoux. Il se mit à sangloter. Pablo pensait aux milliards de formules qu'il avait réservées pour ce moment. Souvent, il s'était dit : quand je le tiendrai au bout de mon fusil, je lui dirai…

Maintenant, l'homme se tenait devant lui, anéanti, gémissant, tellement obsédé par la certitude de sa mort qu'il en oubliait sa propre existence. Son dernier ennemi. Son premier ennemi. L'homme qui l'avait vendu à Don Fernando, pour rien. Pour un sursis.

Ramon Zorfi. Son père.

La pluie continuait de tomber. Pablo rêvait d'un bain chaud. Il n'avait plus de colère. Il était le chef de Sansalina, désormais. Il pouvait faire ce qu'il voulait.

Il regardait l'homme à genoux devant lui. Il manquait d'énergie. Il essayait de faire monter la rage, en rappelant de vieux souvenirs. Son père frappant sa mère. Son père frappant le chien. La tombe du chien. Ça ne venait pas.

Pablo tendit son arme à Eduardo Mendes. Il fit signe à Felipe de le suivre, et ils disparurent dans la Ford.

Les phares balayèrent le rideau de pluie en sens inverse, et l'auto fit demi-tour. Eduardo tenait le fusil. Il posa le canon sur le ventre du vieillard et tira dans le peu de gras qu'il lui restait. L'homme hurla. Il s'effondra dans la boue. Le sang avait éclaboussé sa chemise. Ils l'allongèrent dans le cercueil et refermèrent le couvercle. Le vieux Zorfi avait perdu connaissance, mais gémissait toujours.

Tandis qu'ils descendaient le cercueil, ils pouvaient entendre l'unique botte de Ramon, animée d'un mouvement réflexe, battre contre la cloison du cercueil. Mendes pensait à un poulet qui continue de courir avec la tête tranchée. Le bruit s'étouffa peu à peu, sous les pelletées de terre.

Les hommes défirent la bâche. Ils remontèrent dans le camion qui les attendait depuis la tombée de la nuit. Ils étaient contents que ce soit fini.

La Ford arrivait dans la ville. Pablo broyait du noir. Ils n'avaient pas échangé un mot, avec Felipe Guzman, depuis qu'ils avaient quitté le désert.

La Ford contourna la place du théâtre. Pablo se pencha vers la fenêtre pour contempler la ville. Ce soir, Sansalina était écrasée sous la pluie. Les garçons perdus ne traînaient pas sur les bancs publics. Pablo s'affala sur le dossier de son fauteuil. Il repensait au travail qu'il avait renoncé de finir. Il s'en voulait d'avoir laissé les rênes à Eduardo Mendes. Mais il était tout désigné pour le faire. Guzman aurait peut-être flanché, comme lui.

Pablo se sentait fatigué. Vieux. Il se sentait sale. Ce soir, il n'était pas pressé de retrouver Raquel. Il sentait un goût malsain se diffuser dans sa bouche, comme un abcès qui aurait crevé. Il fallait qu'il se brosse les dents.

Tu l'as abandonnée. Tu lui as menti pendant des années.

Dès qu'elle avait pu se le permettre, Raquel s'était mise à son compte. Elle avait quitté sa chambre de l'hôtel Colòn. Elle avait emménagé dans un appartement, calle Santa Monica, à deux pas de la fontaine. Elle pouvait voir de son balcon les amoureux qui se livraient au rituel. Ils se tenaient par la main, tournant le dos au bassin, et ils jetaient une pièce par-dessus leur épaule. Ceux qui n'avaient pas les moyens prenaient un caillou.

Le couple faisait un vœu. Si les deux projectiles atteignaient l'eau, il était exaucé.

Raquel adorait ça. Elle disait que la présence des amoureux dans le quartier allait bénir son commerce.

C'était la fin d'un après-midi chaud et lourd. La pluie se faisait attendre. Dans la rue, la tension était palpable. Le moment était mal choisi pour une rupture.

Pablo et Raquel étaient assis dans le salon, à bonne distance l'un de l'autre. Il s'était installé sur une chaise, face à la table ronde. Elle, sur le canapé. Leurs épaules tombaient, comme celles de deux lutteurs qui reprennent leurs forces avant le coup de gong, en priant pour que le prochain round soit moins long que les précédents.

Évidemment, il y avait eu de la casse. Pablo s'en était pris à une chaise. Raquel avait démoli une pile d'assiettes qui lui venaient de sa tante. Ils ne s'étaient pas frappés.

Pas encore. Ils étaient restés corrects.

Ils avaient eu des mots. Il avait dit : tu me dégoûtes, et je n'ai plus de respect pour toi. Elle lui avait rappelé qu'il lui devait sa réussite. Elle avait dit : sans moi, tu serais encore à cirer les pompes des patrons. Il avait répondu : et toi, en train d'aligner tes dix passes par jour, dans ta piaule d'hôtel pourrie. Alors, elle : va crever, minable, personne va pleurer ta mort.

Ils n'avaient pas été si corrects que ça.

Maintenant, ils essayaient de se calmer. Pablo cherchait des choses gentilles à dire. Mais le désordre de l'appartement le gênait. Raquel négligeait son intérieur. Comment ses clients toléraient-ils une crasse pareille ? Il s'écarta légèrement de la table, à cause des asticots.

Raquel avait les yeux noirs. Elle savait qu'en observant les gens avec insistance, elle jouissait d'une bonne frappe mentale sur ceux qu'elle avait besoin d'impressionner. Son interlocuteur cillait toujours avant elle. Elle en abusait parfois. Elle demanda :

— Qui c'est, cette Dolores ?

Pablo crut que son cœur s'était arrêté. Raquel bondissait sur le ring, en pleine forme. Elle n'avait pas attendu le coup de gong. Elle repartait pour un tour. Elle cognait fort. Il voulut gagner du temps. Il demanda :

— Qui t'en a parlé ?

— Réponds-moi, Pablo. Qui c'est, cette femme ?

Raquel se tenait toujours sur le divan, les épaules tendues vers lui. Un rat venait de grimper sur le coussin. Il rampait près d'elle, parfois il frôlait sa cuisse. Bon Dieu, elle ne le sentait donc pas ? Pablo ferma les yeux.

— Je ne la vois plus depuis longtemps. Qui t'a parlé d'elle ?

— Toi.

Il dut rouvrir les yeux. Le rat était monté sur l'épaule de Raquel. Il était encore plus gros que tout à l'heure. Il lui mordait l'oreille, ça saignait. Pourquoi ne le chassait-elle pas ? Pablo respira bruyamment. Il essaya de se concentrer. Il dut faire un effort pour se souvenir des mots qu'ils venaient tout juste d'échanger. Dolores. Oui. Elle lui parlait de Dolores. Maintenant, ça revenait. Il dit :

— Je m'en souviens pas. Quand est-ce que je t'en ai parlé ?

Raquel eut un sourire vainqueur. Elle le tenait dans les cordes. Il allait cracher toutes ses dents. Elle prit son élan pour le coup de grâce.

— Tu baises avec elle, quand tu couches avec

moi. Tu dis son nom quand tu jouis. On dort ensemble, tous les trois. Ça fait des années.

Pablo se concentra sur le gros rat. Il continuait de la ronger. Il attaquait sa joue. On voyait apparaître l'os de la mâchoire. Pablo tenta de se remuer. C'était un délire. Une vision. Sinon, Raquel aurait bondi et hurlé de douleur depuis longtemps. Il le voyait, mais ce n'était pas vrai. Il fallait qu'il se contrôle. Mais… Pourquoi voyait-il ça ? Du sang, des membres humains, des animaux répugnants, jamais rien de joli, de gai. Pourquoi ?

Raquel leva brusquement le bras et claqua des doigts.

— Oh, tu m'écoutes ?

— Oui, oui, répondit-il dans un souffle.

— Alors, qui est cette fille ?

Il soupira. Il ferma les yeux. Ça faisait du bien.

— Une vieille amie, du temps de l'école. Elle était dans la bande.

— Tu étais amoureux d'elle ?

Il hocha la tête.

— Je ne sais pas. On était gamins. Je crois, oui. Je l'aimais bien. Avec elle, je me sentais… calme.

Raquel eut un petit rire exaspéré. Comme si elle ne voulait pas le savoir. Comme si l'histoire de Pablo ne l'intéressait pas.

— Où est-ce qu'elle est, maintenant ? Qu'est-ce qu'elle fait ? Tu la vois ?

Pablo ricana. Quand elle était en colère, Raquel n'avait plus la moindre classe. Elle parlait mal. Elle prenait des pauses de grue. Il n'avait plus envie de l'épargner. Tu veux savoir ? Tu vas savoir.

— Non, je ne l'ai pas revue depuis presque dix

ans, dit-il. Mais j'ai envoyé des hommes pour la retrouver. Elle est installée à Chazcun. Elle va fonder une bibliothèque municipale là-bas.

— Une… quoi ?

— Un endroit avec des livres. Les gens viennent les louer.

— Louer des livres ? Comment ils font ?

— Ben… Ils viennent là, ils prennent des livres, ils donnent un peu d'argent, ils emmènent les livres, ils les lisent chez eux, et ils les rapportent. Ou alors, ils peuvent y aller et lire sur place, sans payer.

— Pour quoi foutre ?

Pablo haussa les épaules.

— J'en sais rien, comme ça, c'est la civilisation, c'est le progrès.

Raquel éclata de rire.

— Et toi, t'as donné du fric pour ça ? Toi, Pablo Zorfi ? Tu l'as baisée, au moins ?

C'était un coup vicieux, bien placé. En bonne logique, ça aurait dû faire mal. Pablo n'eut aucune réaction. Une idée le soulageait. L'anesthésiait. Il était bien pire qu'elle ne le pensait. Oui, il voyait Dolores, quand il était avec Raquel. Il la voyait à chaque fois. Il la voyait, maintenant.

Une écolière marchant vers sa maison, le soir. Le nez haut. Des airs de princesse outragée. Pablo se rappelait la façon qu'elle avait de s'asseoir, en classe. Le dos droit. Le front haut. Comme elle répondait à Don Jaime. Sans méchanceté, mais fière.

J'en sais autant que toi, Ducon. J'ai lu les mêmes livres. Je t'emmerde.

Il pensait à la virginité de Dolores. Ses seins

neufs, quand ils avaient roulé ensemble dans l'herbe, près de la voie de chemin de fer. L'étreinte la plus érotique que Pablo ait jamais vécue de sa vie.

Après les cours, Pablo la raccompagnait chez elle. Les frères de Dolores le détestaient. Ils se séparaient à bonne distance de la ferme, hors de portée des jets de pierre.

Ils parlaient beaucoup, ils se chamaillaient sur la route, mais le silence tombait au moment de se séparer. Ils jouaient à faire durer ce supplice agréable. Elle tendait les lèvres. Souvent, il avait vu son regard osciller vers sa bouche. Il n'avait pas compris à l'époque ; il n'avait pas osé comprendre. Maintenant, il savait. Il regrettait toutes ces occasions manquées, et pour moins en souffrir, il se racontait des histoires. Il revivait la scène. Dans son rêve héroïque et masochiste, il faisait exprès de ne pas la toucher ; il se retenait, pour elle. Pour la sauver. Il se répétait que les choses étaient bien ainsi — qu'il avait tout prévu depuis le début.

Dans sa version de l'histoire, Pablo savait que Dolores quitterait la ville tôt ou tard, et qu'elle réussirait. Il avait fait exprès de garder ses distances, pour la préserver. Parce qu'il était un mauvais garçon, et elle une fille bien. Parce qu'il ne pourrait lui apporter que du mal. Il oubliait que sans lui, la bibliothèque de Chazcùn n'aurait jamais vu le jour. Et que, sans la bibliothèque, Dolores serait devenue folle.

Un jour, la manucure avait raconté à Pablo que le corps humain était couvert d'araignées microscopiques qui rongeaient les peaux mortes. Cette idée le hantait. Il ne pouvait plus toucher une femme sans y penser.

Le corps de Raquel était couvert de ce genres de marques ; le sien aussi. Les coups reçus laissaient des stigmates presque invisibles à l'œil nu mais qui devaient être comme des ravines sans fond, quand on les observait au microscope. Au fond de ces crevasses, des monstres s'entassaient par millions, naissaient, mouraient, copulaient, pourrissaient, indéfiniment.

Pour surmonter le dégoût que Raquel lui avait peu à peu inspiré, Pablo pensait à Dolores. À sa peau lisse et vierge. Il la voyait telle qu'il l'avait quittée. Il se rappelait ses seins indécis ; il imaginait son ventre imberbe. Alors, soudain, le désir naissait, et Pablo se sentait enfin capable de s'unir à quelqu'un. Quelque chose l'atteignait. Des sensations. Puis l'arc électrique, l'éclair blanc, et le sommeil, enfin. La paix.

Pablo ouvrit les yeux. Tout était redevenu comme avant. Les rats, les asticots avaient disparu. Allongée dans le canapé, Raquel le regardait patiemment. Elle avait allumé un cigare. Elle était belle. Sa joue était intacte.

— D'accord, dit-elle. Alors, c'est fini ?

Il acquiesça, presque malgré lui. Un regret le prenait. Un regret tardif.

Raquel tira une nouvelle bouffée. Elle le regardait avec tendresse.

— Tu sais quoi ? T'as un cœur d'or, Pablo.

En apprenant que Raquel était libre, Eduardo Mendes attendit quelques jours, par amour-propre. Il se fit désirer. Felipe Guzman n'en était pas là. Il se fichait bien de passer pour celui qui ramasse les miettes du patron. C'était ça qu'il faisait. Ce qu'ils faisaient tous.

Guzman avait fébrilement désiré Raquel, dès le premier jour, quand ils avaient dormi dans le charbon, et qu'au petit matin, Pablo avait disparu. Guzman était revenu sur ses pas. Il était allé à l'hôtel Colòn. Des filles en nuisette prenaient le frais après une longue nuit de labeur, Raquel était là. Guzman avait été subjugué. Au même instant, il avait vu la lampe rouge s'allumer. Touche pas, ça brûle. C'est pour elle que Pablo s'est levé au milieu de la nuit ; pour elle qu'il s'est fait tabasser. Elle se ronge de remords, c'est écrit sur son front. Elle en pince pour lui. Avant même de faire quoi que ce soit ensemble, Pablo et Raquel formaient un couple. Felipe Guzman n'avait plus qu'une chose à faire. Il attendit patiemment leur rupture.

Le jour venu, il se précipita chez elle avec un canard rôti et une bouteille de vin.

L'histoire des Buenhombres était terminée. Pablo était devenu celui qu'il avait toujours rêvé d'être. On ne lui disait plus jamais non. Il pouvait tout avoir. Il s'était séparé de Raquel. Il était libre. Il pouvait l'avoir, *elle.* Il n'avait qu'à tendre la main.

Il hésitait. Il remettait au lendemain.

Il avait posté deux hommes à Chazcùn, qui surveillaient Dolores discrètement. Ils arrangeaient ses affaires en cas de besoin. Cent fois, Pablo avait pris une feuille de papier, un crayon, pour l'inviter. Il n'avait jamais tracé que des figures abstraites, des silhouettes féminines aux contours mal définis.

Un jour, Pablo reçut un télégramme laconique.

Elle se marie. Stop. Voulez-vous qu'on le bute. Stop.

Il répondit non, et il sut qu'il ne l'aurait jamais.

Avec l'aisance, l'ennui et les plaisirs faciles, les années se mirent à défiler. Au début, Pablo avait pris plaisir à séduire des femmes. Jusqu'à ce qu'il comprenne que toutes ces conquêtes étaient gagnées d'avance.

Il n'était pas meilleur qu'un autre. Il n'était pas particulièrement beau ; il n'avait pas beaucoup de mérite. Mais la ville l'avait élu. La ville était comme lui. Ni meilleure ni pire. La ville avait décidé d'être un garçon des rues, mal élevé, violent, morveux, obsédé par ses erreurs, incapable de les corriger. Ce que Pablo regardait, la ville le regardait.

Les hommes voulaient travailler pour lui. Les femmes voulaient qu'il les touche. Parce que la main de Pablo voulait dire « protection » et qu'à Sansalina, tout le monde avait besoin de protection. Tout le monde avait peur. Peur et soif.

Enfant, Pablo croyait être le seul à éprouver la soif. Avec Raquel, et plus tard avec les autres femmes, il comprit que tout le monde avait soif. Les femmes aussi. Elles avaient besoin de peau, de tendresse. D'amour. Comme lui. Dans un monde de chaos, si quelqu'un venait pour donner autre chose que des coups, il était le bienvenu. Elles étaient même prêtes à s'humilier un peu, pour une caresse ; quelque chose de doux et d'un peu sincère.

Le plaisir du chasseur en prit un coup. Pablo s'investissait de moins en moins dans les travaux d'approche ; il prit l'habitude de toucher avant de parler. Une fois, il prit une serveuse, debout, dans un placard à balais. Il était midi. Le couloir était bondé. Par la porte entrebâillée, on entendait les conversations. Ils eurent un orgasme synchrone, rapide. Et ils se séparèrent, sans un mot. Il ne connut jamais son nom.

Il eut une maîtresse de seize ans. La douceur de

sa peau lui arrachait des larmes. Il aimait les danseuses, leur aisance efficace et lassante pour le sexe. Il aimait les femmes mariées, pour leur sens mature et calculé du tragique.

Peu à peu, l'émotion s'émoussait, mais il cherchait toujours la compagnie des femmes. Il aimait les attirer à lui. Il jouait à comprendre et donner le plus vite possible le genre de gestes qu'elles attendaient. Le baiser sur la joue. La fessée.

Le souvenir de Dolores s'estompa dans cette tourmente de chair. L'ivresse perpétuelle accélérait l'oubli. Il ne voyait plus les frères Martìn. Guzman ne la connaissait pas, et Mendes n'avait jamais pu la supporter. Pablo n'avait jamais l'occasion de parler de Dolores à quiconque. Il rappela ses hommes de Chazcùn. Depuis longtemps les messages qu'ils envoyaient ne lui inspiraient plus qu'une tristesse frêle et amère.

Elle s'était installée dans un train de vie régulier. Comme lui. Elle avait eu un fils.

Avant de se soumettre au plan de Pablo, les frères Martìn avaient posé leurs conditions. La bande s'appellerait *Les Buenhombres.* Les Buenhombres seraient du côté des bons. Ils allaient aider les gens. Ils écriraient un programme.

Le programme fut rédigé dans la chambre d'Anita, le 20 février 1913. Raùl dictait la plupart des articles. Eduardo Mendes tenait la plume.

Article 1 : Les susnommés dont les noms suivent : Zorfi Pablo, Mendes Eduardo, Martìn Raùl, Martìn Agustìn, Martìn Simòn, Guzman Felipe, constituent une organisation secrète nommée Les Buenhombres. La Siñorina Poinsò Dolores en est membre honorifique.

Article 2 : Les activités de l'organisation sont caritatives. Les Buenhombres travailleront à plus de justice dans la ville de Sansalina et ses environs.

Article 3 : Les Buenhombres ont le droit de se livrer à toutes sortes d'activités légales pour gagner de l'argent. L'argent sera dépensé pour les besoins de la cause, et distribué égalitairement entre ses membres.

Article 4 : Les Buenhombres pourront tirer bénéfice de la protection des personnes, mais la protection, vraiment. C'est-à-dire qu'ils s'engagent à protéger les plus faibles contre les plus forts, et non pas l'inverse. En aucun cas ils ne pratiqueront des tarifs prohibitifs comme c'est trop souvent le cas.

Article 5 : S'il est avéré qu'une personne pratique l'extorsion, la corruption, l'intimidation sur des personnes faibles ou démunies, telles que : des enfants, des femmes, des infirmes… les Buenhombres auront recours à tous les types d'action contre cette personne, y compris les activités citées plus haut.

La personne en question sera châtiée. Le châtiment sera à la hauteur des crimes commis, de la bastonnade à la peine de mort.

Le programme était rédigé sur une feuille de papier à lettres de l'hôtel Colòn, que Raquel avait volée pour les garçons. Ils l'avaient tous signé de leur sang.

Raùl l'avait conservé. Dans sa poche d'abord, puis dans son portefeuille, quand il avait pu s'en offrir un. De temps en temps, au moment de payer l'addition, il retrouvait le programme au milieu des billets de banque.

Il lui arrivait de le relire. Un sourire désabusé apparaissait sur ses lèvres.

Vallée du Narral, 14 avril 1927

Dolores était assise à l'arrière de l'auto. Elle attendait que les respirations de Guzman s'équilibrent, et qu'il commence à ronfler. Une idée lui venait.

Il leur restait une quarantaine de kilomètres. La voiture n'avançait plus. Il fallait s'arrêter sans cesse pour laisser le moteur refroidir. Guzman avait proposé d'attendre la nuit. Il avait installé la jeune femme à l'arrière. Il l'avait attachée aux montants métalliques des fauteuils. Il s'était assis au volant, et maintenant il dormait.

Dolores pensait à un livre d'espionnage qu'elle avait lu pour la bibliothèque. Elle se disait : qu'est-ce que je risque ? Guzman lui apprenait à se servir d'une arme. Il l'incitait à la rébellion. S'il se réveillait et la surprenait en train de s'échapper, qui blâmerait-il ? Elle se disait : soyons une bonne élève. Montrons-lui ce qu'on sait faire. Faisons-lui une blague.

Dolores s'accroupit contre le siège. Glisser la main dans la poche de sa blouse lui demandait une petite contorsion. Elle y parvint. Elle trouva le trombone. Elle le tordit entre ses dents. Elle l'engagea dans la serrure de ses menottes. Elle comprit que la clef était à cran unique. Elle travailla le trombone pour qu'il s'adapte au cylindre de la serrure, et qu'il soulève le ressort sans se tordre. Ses mains tremblaient. Elles suaient. Elle perdit son trombone. Il était tombé sous le siège. Elle dut l'attraper avec ses dents. Elle titilla le cran de sûreté. Elle atteignit le déclic. Le bracelet se libéra de quelques centimètres. On pouvait passer un doigt entre la peau et l'acier. Dolores réprima un cri de victoire. Elle se remit au travail. Le bracelet finit par s'ouvrir.

Dolores épia Guzman. Son souffle était moins régulier, moins fort. Il avait failli se réveiller. Elle attendit qu'il ronfle à nouveau. Puis elle dégagea la paire de menottes. Elle quitta la voiture. Elle eut une nouvelle idée. Une autre blague, encore meilleure. Elle ouvrit la portière avant. Doucement. Elle referma le premier bracelet sur le poignet de l'homme endormi. Elle fixa le second autour du volant. Elle avait gagné. Même s'il se réveillait maintenant, elle serait en position de force. Elle décida d'aller plus loin. Elle se pencha sur lui et fouilla ses poches. Elle trouva les clefs des menottes. Elle les prit. Elle glissa le trombone à la place.

Une bonne blague.

Dans le coffre, elle retrouva ses chaussures. Elle se mit en route. Elle marcha sur la piste rectiligne, au milieu du désert. Sous le soleil. Elle savourait sa victoire.

Puis elle réfléchit. D'instinct, elle avait continué dans la même direction. Elle allait vers la ville la plus proche.

Sansalina.

Comme si la solution à ses problèmes était là-bas. Comme si Guzman avait dit vrai. Elle y allait à pied. Elle était seule. Elle ne craignait pas que Guzman se réveille, qu'il ouvre les bracelets de ses menottes, et qu'il la rejoigne sur la route. Au contraire. Elle espérait que les choses se passent comme ça.

Elle n'avait pas peur de Guzman. Elle avait peur, sans doute, mais pas de lui.

Dolores s'arrêta. Elle fit demi-tour. Idiote ! Elle se mit à courir.

Elle atteignit la voiture. Elle ralentit. Elle retrouva son souffle. Elle essuya la paume de ses mains sur sa jupe. Elle ouvrit la portière. Un bras de Felipe tomba. Il ne ronflait plus. Elle tendit la main vers lui pour le réveiller, et son geste resta en suspens.

Elle avait vu. Elle avait compris.

Guzman avait la bouche ouverte. Sa langue pendait. Ses yeux étaient révulsés ; son souffle interrompu. Un fil de fer était enroulé autour de son cou. Arrêté par deux morceaux de bois. Le fil était torsadé derrière l'appuie-tête du fauteuil.

Guzman était immobile, un bras tendu sous le volant, le poignet prisonnier des menottes. Il avait cherché les clefs. Il ne les avait pas trouvées. La blague de Dolores ne l'avait pas fait rire ; elle l'avait tué.

La jeune femme eut un moment de panique. Ils étaient là. Elle le savait. Ils l'épiaient. Il fallait qu'elle prenne une arme. Guzman en avait une sur lui. Elle savait où la trouver. Il suffisait qu'elle se penche. Qu'elle fouille son étui de poitrine. Il suffisait qu'elle le touche. Elle tremblait comme une feuille.

Elle avança la main. Encore quelques centimètres. Encore. Elle le toucha. Le corps était chaud, la chair étrangement souple et tiède. Dolores sentit le métal sous ses doigts. Elle bondit en arrière, les mains crispées sur son arme. Le canon tremblait dangereusement. Elle hurla.

— Où êtes-vous ?

Le cri rebondit entre les pierres inertes et les arbres morts. Dolores crut entendre un bruit derrière elle. Elle pivota. Un coup de feu éclata, avec un bruit terrible. Dolores tressaillit. Elle avait tiré son premier coup de feu, sans le vouloir. L'impact résonna quelque part, contre une pierre ou un tronc d'arbre.

On percevait un son étrange. Le gémissement d'une bête. Dolores pivota et fit feu encore une fois, au hasard. La plainte continuait. Dolores tira encore deux coups, avant de comprendre que le gémissement venait d'elle. Elle s'éloigna de la voiture, au pas de course. Elle atteignit la route. Déserte.

Les tueurs étaient toujours là, tout près. Ils auraient le temps de l'abattre et de l'enterrer dix fois avant que quelqu'un n'arrive. Elle se remit en marche, l'acier froid de son arme serré contre sa poitrine. Ses jambes tremblaient. Elle s'aperçut que ses cuisses étaient trempées d'urine.

Elle marcha plus d'une heure en plein soleil, avant d'entendre le ronflement du moteur dernière elle. Le bruit était faible, lointain. En se retournant, Dolores vit la berline noire dans le contre-jour, qui la suivait en roulant au pas. À bonne distance, peut-être deux cents mètres. Dolores avança vers l'auto en braquant son arme.

La berline fit marche arrière. Sans se presser. Juste pour maintenir l'écart. Dolores s'arrêta. La berline s'arrêta. Dolores fit feu vers le ciel. Pas de réaction. Elle visa la voiture. Elle tira. Trop bas. Un nuage de poussière s'éleva devant la grille du radiateur.

Dolores tentait de distinguer des silhouettes à l'intérieur de l'auto, mais le soleil l'éblouissait. Elle voulut tirer encore. Le percuteur sonna à vide. Dolores lança son arme vers la voiture. L'arme rebondit sur le sol, à quelques pas. Elle se remit en marche, à reculons. La voiture avança. Doucement. Elle passa près du revolver de Guzman et continua sa route. Personne ne sortit pour le ramasser.

Dolores avait envie de fuir, mais où ? La poussière brûlée occupait tout le paysage. Elle se résigna. Elle essaya de se calmer. Elle tenta de penser à quelque chose de lointain. Quelque chose qui n'avait rien à voir avec ce qu'elle vivait. Qui l'aiderait à s'évader du désert de Narral. Dans une revue, elle avait lu une traduction amusante du poème d'Edgar Poe, *The Raven.* Elle se dit : c'est ça, bonne idée. Occupons-nous l'esprit.

Elle se rappelait le premier vers. *Once upon a midnigth dreary* avait été traduit par : *Au milieu d'un songe nocturne...* Ou quelque chose comme ça. *While I pondered, weak and weary : Tandis que je sondais, faible et anxieux...* Dolores avait un doute sur la suite. *Over many a quaint and curious volume...* Ça ne venait pas vite. Son esprit était déjà ralenti par la chaleur. *Over many a quaint... Au milieu d'un songe... Une nuit...* Non. Les bouts de phrases partaient, revenaient, se croisaient dans son esprit comme un vol d'étourneaux affolés. La piste tanguait. Dolores décida de reprendre depuis le début. Le reste allait sûrement venir.

Au milieu d'un songe nocturne
Tandis que je sondais, faible et anxieux
D'étranges et curieux volumes
Sur le sens oublié des choses
Oui, c'était ça. C'était sûrement ça.
Quand je sombrai, près de m'évanouir
Il vint soudain un bruissement
Comme celui de quelque ami grattant
Grattant à ma chambre close...

Dolores marcha. Longtemps. Le jeu du poème ne l'amusait plus. Elle n'avait retrouvé que le premier couplet, et il s'était mis à tourner en boucle dans sa tête comme un phono rayé. La chaleur lui tapait sur le crâne ; elle s'engourdissait. Elle quitta ses chaussures. Le sable brûlant ne parvint pas à la réveiller. Elle trébucha plusieurs fois. La voiture la suivait toujours, au pas. Infatigable. Les ombres s'allongeaient. Dolores tomba à genoux. Ses oreilles bourdonnaient. L'horizon chaloupait. Elle finit par s'effondrer. Elle ne sentit pas le contact du sol. Elle s'évanouit avant d'entendre la berline approcher, le déclic de la serrure, et le grincement de la portière qui tournait sur ses gonds.

15 février 1917

La pluie cessa au milieu de la nuit. Dès le matin, le soleil resplendissait sur le désert. La terre séchait à vue d'œil. Seul souvenir du déluge, la végétation arborait une verdeur luxuriante qui ne durerait pas longtemps.

Eduardo Mendes s'était levé avec une intuition. Une idée qu'il n'avait pas préméditée. Lui non plus, il n'avait pas réussi à abattre le vieux Zorfi. C'était l'affaire de Pablo. Mendes n'avait rien contre le vieux Zorfi. Quand ils étaient mômes, le vieux leur jetait des cailloux quand ils le réveillaient de sa sieste. Comme tous les autres pères. Eduardo ignorait ce que Pablo avait contre lui. Il avait appuyé le canon sur son corps. Il avait trouvé la force de presser la détente, mais l'homme qu'ils avaient enfermé dans le cercueil était encore vivant la veille au soir. Il en était certain. Peut-être vivait-il encore. Eduardo voulait en avoir le cœur net.

Au retour, les hommes avaient sommairement garé le camion devant l'hôtel Colòn. Ils étaient entrés en trombe pour se saouler. Les pelles étaient sans doute encore dedans. Eduardo s'habilla en vitesse. Il descendit sans prendre son petit déjeuner. Il prit une pelle dans le camion. Il la chargea dans sa Bugatti, et il se mit en route.

La pluie de la nuit avait creusé des ornières, mais la piste était encore praticable. Mendes retrouva l'emplacement. Les quatre trous des piquets qui avaient soutenu la bâche étaient encore visibles. Les gars n'avaient rien fait pour dissimuler la tentative de meurtre. Du travail d'amateur. Heureusement que la police était à eux, maintenant.

Eduardo se mit à creuser.

Il atteignit le couvercle. Il le dégagea sur tout le pourtour. Il le souleva à l'aide de sa pelle. Il avait de la boue jusqu'aux genoux. Ses chaussures italiennes étaient mortes. Le soleil était déjà haut. Mendes était en sueur.

Une sale odeur se dégagea du cercueil. Mais ce n'était pas l'odeur de la mort. La sueur, le sang, les déjections. Pas la gangrène. Pas encore.

Ramon Zorfi avait passé une sale nuit. La pire de sa vie, probablement.

Mendes souleva la chemise, raide de sang séché. La blessure était laide. Il avait appuyé le canon sur les côtes, la poudre avait brûlé la chair, mais la balle avait ripé sur les os. Une grosse égratignure. On n'en meurt pas. Sauf si on vous jette ensuite dans une fosse, et qu'on vous oublie.

Mendes surmonta sa répugnance. Il descendit

dans le cercueil et posa les doigts sur une artère de l'homme allongé. Le cœur battait.

Mendes réfléchit. Il repensa à la sensation bizarre qu'il avait eue pendant la nuit, quand Pablo lui avait tendu son fusil et qu'il était parti sans même attendre de voir mourir son père. C'était une imprudence. Pablo avait flanché. Si Pablo n'était plus capable de tuer, il allait se faire tuer. Et tous ses alliés se feraient descendre avec lui. Le déclin s'annonçait. Il fallait prévoir ses arrières.

Mendes se hissa hors de la fosse. Il attacha un câble au pare-chocs de sa voiture et relança le moteur. Il emporta le câble au fond de la fosse et l'enroula aux pieds de Zorfi. Il remonta dans sa voiture, enclencha la marche arrière, et extirpa le corps hors de sa tombe. Mendes chargea le corps inerte dans le coffre de sa voiture. Il regretta de ne pas avoir prévu une couverture pour éponger le sang. Il allait tout saloper. Tant pis. Mendes se mit au volant et démarra. Il réfléchit. Il devait sauver la vie de Ramon Zorfi, mais il ne fallait pas que le vieux parle. Il fallait le mettre à l'écart. L'endormir. Si possible, à proximité de Sansalina. Mais dans un coin qu'ils ne fréquentaient pas. Ni lui, ni ses hommes. Mendes eut une inspiration en observant le désert.

Il mit le cap sur la réserve indienne. On lui avait parlé d'un type, là-bas.

15 avril 1927

Dolores ouvrit les yeux, et ne vit rien. Elle se trouvait dans une obscurité totale. À moins que ses yeux n'aient brûlé durant la traversée du désert. Elle tenta de respirer aussi profondément que possible. Sa gorge déshydratée rendait chaque inspiration pénible.

Quelque chose entravait son souffle et compressait sa poitrine. Un corset. Elle portait un corset et une robe. Elle avait des bottines aux pieds, qui remontaient jusqu'à mi-mollet. On avait changé ses vêtements durant son sommeil. Mais pas seulement. Il y avait autre chose. Une sensation qu'elle n'avait plus ressentie depuis longtemps. Quand elle comprit, elle frissonna.

Sa peau était propre. Elle reconnut le parfum de son huile de bains habituelle. Lavande et fleur d'oranger. Dolores pensa aux mains qui l'avaient touchée, et le frisson se changea en un tremblement irrépressible.

Il fallait qu'elle se calme. Il fallait qu'elle comprenne où elle était.

Elle était allongée sur le dos, à même le sol. Ses bras étendus au-dessus de sa tête étaient comme morts. Lorsqu'elle tenta de les remuer, elle comprit que ses poignets étaient liés.

Elle bascula lentement de droite à gauche, pour irriguer ses bras endoloris. Au bout de quelques minutes, ses doigts se mirent à bouger. Ses poignets étaient brûlants, serrés dans des cordes épaisses étroitement nouées. Ses lèvres étaient gercées et couvertes de crevasses. Elle y passait machinalement la langue, pour tenter de les humecter. En vain. Sa langue était sèche comme un morceau de papier, parfaitement insensible. Elle devait être laide à faire peur.

Dolores se laissait gagner par la colère. Ses mâchoires se crispaient malgré elle. Elle grondait en tirant sur ses liens. Les cordes de chanvre lui déchiraient la peau. Elle pensait à l'incendie de la bibliothèque, au meurtre de Felipe Guzman. Elle haïssait ceux qui avaient fait ça. Ils se croyaient des droits sur leurs semblables. Sur le corps et la vie d'autrui. Un jour elle en tiendrait un. Elle ferait ce qu'il faut pour qu'il comprenne ; pour qu'il ressente ce qu'elle ressentait à cet instant. Elle rêvait de voir un homme entravé comme elle. Torse nu, pendu dans un hangar désert. Elle le rouait de coups. Elle lui ouvrait le ventre. Elle s'en prenait à sa virilité. Quand le corps qu'elle imaginait fut en charpie, Dolores se calma.

Il faisait chaud. Le sol était sec et terreux. Dolores n'avait pas perdu la vue. Elle distinguait maintenant un vague halo, qui dessinait en ombres chinoises une forme arrondie. Une odeur de fuel planait. Elle était dans une cave.

On entendait de petits crissements. Quelque chose qui grattait quelque chose. Dolores se mit à hurler.

— Il y a quelqu'un ?

Sa voix était celle d'une harpie, d'une folle. Elle s'en moquait. Son cri avait été entendu. Les bruits cessèrent. Un silence total s'abattit sur la cave. Puis les grattements reprirent, avec de petits cris brefs et aigus.

Des rats.

Dolores hurla de nouveau. Elle tira de plus belle sur ses liens. Elle savait qu'il ne fallait pas craquer. Elle imaginait les hommes qui attendaient derrière la porte. C'était plus fort qu'elle. Il fallait qu'elle hurle, de sa voix brisée. Il fallait qu'elle déchire la peau de ses poignets. Il fallait qu'elle gémisse.

Elle se séparait en deux. Une femme était allongée sur le sol d'une cave, pleurant et gémissant. Une autre s'échappait en rêve, planait dans l'obscurité, traversait les murs, retrouvant la lumière.

Sansalina en 1912. Les grilles de l'école. Une autre cave, une autre époque. Pablo disparaît par la lucarne, glisse le long du tas de charbon. Il s'ébroue dans la pénombre. Il lui tend la main.

— Viens, c'est notre cachette.

Dolores se laisse glisser à son tour. Ils s'assoient

côte à côte. Leurs épaules se touchent. Pablo parle. Il fait de grands gestes, mais elle ne comprend pas ce qu'il dit. Elle pense à autre chose. Elle tend les lèvres. Il n'y voit que du feu. Il continue de parler. Je serai le roi de la ville. Plus tard, ils sont assis autour d'une table immense pleine de gaieté. Ils mangent. Ils rient. Un homme est allongé nu sur la table. Felipe Guzman. C'est lui qu'ils mangent. Personne ne s'en soucie. Tout le monde rit, boit et mange. La fête bat son plein.

La voilà placeta del Sol, à mi-chemin entre l'école et l'atelier des frères Martìn. Elle est allongée sur le dos. Quelqu'un est couché contre elle, serrant sa tête entre ses cuisses. C'est Pablo, ou bien Guzman. L'un ou l'autre, dans le corps de son fils. Luis frotte sa tête contre son ventre. Elle l'encourage en caressant ses cheveux. Elle s'ouvre de plus en plus, elle s'abandonne au plaisir. L'enfant s'enhardit. Il se met à la mordiller. Elle le sermonne en riant. Il mord un peu plus fort. Elle proteste. Il relève la tête. Ce n'est plus Felipe, ni Pablo, ni Luis. C'est un rat.

Dolores s'éveilla en hurlant de terreur. Une masse animale velue grouillait entre ses jambes. Les rats s'enfuyaient en piaillant. Elle serra les jambes machinalement. L'un d'eux se laissa prendre. Il se débattait entre les plis de sa robe. Dolores tenait enfin quelque chose. Un être sur lequel elle avait du pouvoir. Elle avait envie de serrer, serrer de plus en plus fort, pour tuer. Ça la défoulerait pour de bon. Puis une idée lui vint. Une meilleure idée.

Elle se plia en deux, en rampant sur les hanches,

sans libérer l'étreinte entre ses cuisses. Elle se contorsionna. Elle parvint à approcher le petit animal de ses poignets entravés.

— Vas-y, mange, petit salaud. Mange et tu seras libre.

Toujours cette voix rauque et chevrotante, qu'elle ne reconnaissait pas. Pourtant, c'était la sienne. Aucun doute possible.

Le rat tentait toujours de se débattre. Il avait peu de chance de s'en sortir, maintenant qu'il était pris dans les méandres de la robe. Il poussait de petits cris. Il tentait de repousser la corde avec ses pattes. Puis il flaira l'odeur du sang, et se mit à ronger.

Dolores laissa tomber le corps de l'animal. Le rat représentait tous ses espoirs. Elle avait eu peur de le perdre. Elle avait serré trop fort. Elle l'avait étouffé. Avant de mourir, la bête avait bien travaillé. Les liens se relâchaient. Dolores se pencha vers les cordes ; elle ouvrit la bouche et prit le relais. Un brin finit par rompre, libérant un jour étroit. Juste de quoi passer une main, en forçant un peu. La corde brûlait ses poignets douloureux. Dolores força. Le temps pressait. Combien d'heures avait-elle passées, seule dans cette cave ? Combien, avant qu'elle se réveille ? Combien après ?

Ceux qui la retenaient ici n'allaient pas tarder à apparaître. Elle avait faim, et soif. Il fallait qu'elle aille aux toilettes, ou n'importe où. Elle sentit ses cartilages craquer. Durant quelques secondes, elle crut qu'elle s'était cassé quelque chose. Mais sa main bougeait. Elle était libre. Dolores tâtonna dans le noir pour trouver un appui. Elle se mit debout.

Ses pieds chancelaient sur les talons trop étroits des bottines. Elle avait du mal à garder l'équilibre. Elle avait le vertige. Elle fixa la masse cylindrique pour rester d'aplomb. Ses mains tendues sentirent bientôt quelque chose de froid. La citerne d'une chaudière. Elle la contourna et comprit d'où venait la lumière. À travers une vitre noire de suie et de crasse, on devinait le rougeoiement du charbon qui se consumait à l'intérieur. La pression sur son bas-ventre était trop forte. Elle s'accroupit et urina, laissant échapper malgré elle un cri de soulagement.

Elle s'approcha de la lumière. Elle joua à faire danser ses doigts meurtris dans le faible halo. Elle voyait quelque chose. Une partie d'elle-même. Elle vivait. Elle avait les moyens de le constater.

Peu à peu, la minuscule source de lumière lui permit de se faire une idée des objets qui l'entouraient. Elle tâtonna dans la pénombre. Elle trouva une boîte d'allumettes. Une pile de bougies. Elle en prit une, fébrile. Elle saisit les allumettes. Ses doigts tremblaient. Les allumettes se cassaient, ou bien le soufre s'écrasait sur les parois trop lisses de la cuve à mazout. Dolores respira. Lentement. Elle savait qu'elle était encore capable d'embraser une allumette. Elle l'avait fait des milliers de fois chez elle, quand il s'agissait de préparer le dîner. Elle revit la maison, à côté de Chazcùn. Les haricots rissolant sur le poêle. La mère de Hernan dans son fauteuil, qui jouait aux dames avec Luis assis par terre, poussant les pions du bout de sa canne.

Dolores eut un second souffle. La confiance revenait. Elle prit une nouvelle allumette et la posa délicatement sur le rebord de la cuve.

Elle donna un coup de poignet. L'allumette

s'embrasa. Elle alluma la mèche d'une chandelle. La lumière éclaira la pièce. À côté de la cuve, on voyait une pile de cagettes, une pelle plantée dans un vieux tas de charbon. Dolores tendit l'oreille. Plus un bruit. Les rats s'étaient enfuis. La cave était à elle.

Elle continua son inspection. Contre un mur, le long d'une canalisation, ses liens pendaient. Au pied des cagettes, elle trouva un vieux livre d'aventures. Beaucoup de pages manquaient. Il servait à allumer la chaudière. Au moins, elle avait trouvé de la lecture, c'était déjà ça.

15 février 1917

L'entrée de la réserve se signalait par deux bornes de pierre peintes à la chaux. Un chemin quittait la route et montait en lacet à flanc de colline. Des ronces sèches s'accrochaient aux roues en grattant la carrosserie. Mendes regrettait d'avoir pris la Bugatti.

Une fois sur le plateau, la piste n'était plus qu'une traînée de poussière retournée au milieu de nulle part. Elle traversait de larges effleurements de granit et s'effaçait. Mendes était inquiet. Il entendait des bruits suspects. Il pensait à son coffre.

Le village apparut. Les toits en escaliers se détachaient progressivement de la ligne pâle de l'horizon ; ils tremblotaient dans les mouvements de chaleur à ras de terre.

La plupart des habitations étaient taillées dans la roche. Les terrasses communiquaient par des échelles de bois à portant simple. Les rares ruelles offraient la désolation d'un peuple à l'agonie. Eduardo Mendes s'arrêta devant l'entrée du village. Il demanda à voir Pepin Chopqi. Un enfant le guida de terrasse en terrasse.

Les toits étaient percés d'un trou rond qui servait d'accès. Devant l'un d'eux, l'enfant s'accroupit et échangea quelques mots dans sa langue avec l'homme qui était à l'intérieur. L'échelle vint se poser contre la paroi. L'enfant s'effaça en désignant l'entrée. Il fit une moue étonnée quand Mendes lui donna une pièce en cuivre. Puis il haussa les épaules et partit au pas de course, brandissant la pièce à bout de bras.

Mendes pensa avec fierté que l'enfant n'avait sûrement jamais touché une pièce de monnaie de toute sa vie.

Il se décida à descendre dans la maison. Le rayon de soleil vertical qui plongeait par l'ouverture était la seule source de lumière. Un fatras d'objets dessinaient des formes abstraites dans la pénombre. Pepin Chopqi se tenait accroupi au bord du halo. Il tournait le dos à son visiteur. Il parcourait un journal aux pages jaunies et craquantes. Il marmonnait. Mendes atteignit le sol de pisé et chercha quelque chose à dire pour attirer l'attention de son hôte.

— Vous n'auriez pas dû, vous savez.
— Pardon ?

Chopqi avait brusquement interrompu sa lecture pour prendre la parole, sans se retourner. Mendes n'avait pas l'intention de laisser l'Indien lui jouer son numéro. Sur le coup, Chopqi l'avait désarçonné, il fallait l'admettre. Mais il se ressaisit :

— Qu'est-ce que je n'aurais pas dû faire ?

Chopqi pivota avant de répondre. Il portait l'inévitable pantalon de coutil blanc râpé, et un gilet de velours mauve qu'il avait sans doute volé sur le cadavre d'un voyageur égaré. Les traits de son visage dessinaient des rides profondes. Le regard vague et lointain trahissait un usage excessif de drogues. Chopqi devait avoir trente-cinq ans, il lui restait une dent sur deux, comme la plupart des siens. Il avait des gestes saccadés, presque précieux. Il parlait avec distinction, en articulant chaque syllabe.

— Vous avez donné une pièce au gamin, dit-il.

— Ah, ça, répondit Mendes en souriant. Ce n'est rien, vous savez.

— Je sais bien que ce n'est rien, répondit Chopqi. Justement.

Eduardo Mendes se sentit mal à l'aise. Ses yeux s'habituaient à la pénombre. Il pouvait distinguer les objets qui occupaient la pièce. Il était déçu. Il se demandait si on l'avait bien renseigné. Il s'attendait à voir des corps de reptiles déshydratés, des bocaux remplis d'organes. Rien de tout ça.

Une malle. Un vase de terre cuite. Des livres en espagnol, en anglais. Mendes était impressionné.

— On m'a dit, enchaîna-t-il d'une voix mal assurée, que vous pouviez faire des choses étonnantes.

Chopqi répondit par un sourire. C'était bon d'avoir un homme de la ville dans sa maison. Un blanc, bien habillé. Mal à l'aise. Pepin Chopqi n'était pas méchant. Il mit un terme au supplice de son hôte.

— Montrez-moi ce que vous transportez dans le coffre de votre voiture.

Mendes sentit une goutte d'eau froide suinter de son aisselle droite. On l'avait prévenu contre les Indiens, pourtant. On lui avait dit que Pepin Chopqi était un homme puissant. Il tenta de donner le change, en émettant un sourire crispé avant de se remettre d'aplomb. Il croisa le regard de Chopqi. Il était éloquent. Chopqi plantait sa pupille dans l'œil de Mendes. Il disait : tu veux jouer avec la mort ? Tu veux convoquer les puissances de l'au-delà ? Très bien. En voici un avant-goût.

Ramon Zorfi était en mauvais état. Il avait passé la moitié de la nuit dans sa tombe, le flanc ouvert d'une plaie brûlante. Et toute la matinée dans une boîte d'acier en plein désert. Il avait tenu le coup. Même s'il était mal en point. Mendes opina avec respect. Il y avait quelque chose chez les Zorfi. Ils ne payaient pas de mine, mais c'était des forces de la nature.

Eduardo Mendes se tourna vers Chopqi. Il commençait à faire chaud. Mendes avait envie d'un verre de lait frais.

Chopqi gardait les yeux sur le coffre.

— Pourquoi ne l'avez-vous pas tué ? demanda-t-il.

Mendes se durcit. L'Indien commençait à l'agacer. Il s'agissait de remettre les choses en place. Le client était roi, et le client, c'était lui.

— Je veux que vous le gardiez en vie, dit-il. Mais vous allez en faire un légume. Je veux qu'il oublie son nom. Je sais que vous pouvez le faire.

Pepin Chopqi prit une profonde inspiration, les yeux clos. Sa main dessina une courbe subtile dans l'air.

— Je peux faire beaucoup de choses. Dans le cadre des fonction politiques et religieuses que mes concitoyens m'accordent. Il m'arrive rarement de monnayer ce genre de services. Qu'est-ce que vous m'offrez en échange ?

Mendes se sentit soulagé. Il entrait en terrain connu. Il négociait.

— Qu'est-ce que vous voulez ?

Chopqi tourna les yeux vers le village.

— Je veux la fin de la misère.

Mendes souffla enfin.

— Rassurez-vous, vous serez comblé. Tenez, voilà un acompte.

Mendes montra une liasse qu'il avait préparée avant de partir. Cinquante billets de vingt, tout neufs, reliés par une pince plaquée d'or. Chopqi regarda la liasse. Mendes la glissa dans la poche de son gilet.

Eduardo frotta ses paumes l'une contre l'autre, hésitant à tendre la main vers son hôte.

— Bon, affaire conclue. Je vous le confie. Je reviendrai vous voir.

Au grand soulagement de Mendes, Chopqi fit signe à quelques jeunes gens de s'approcher. De grands adolescents aux muscles précocement saillants. Ils découvrirent le corps sans s'émouvoir. Ce qui les impressionnait surtout, c'était la voiture. Ils saisirent Ramon Zorfi et l'emportèrent vers le village.

Sur le chemin du retour, Eduardo Mendes fulmina. Ce salopard de Chopqi l'avait pris de très, très haut. Il méprisait les basses œuvres, ce pouilleux. Il crachait sur le fric. Sauf quand on lui en donnait. Mendes détestait ce genre d'hommes. Les frères Martìn étaient comme ça. Ils se faisaient une haute idée du Bien et du Mal. Ils critiquaient le travail des autres. Et ils en profitaient.

Ils étaient tranquilles, dans leur petit garage à la con. Ils avaient la protection de Pablo, personne ne risquait de venir les emmerder. Alors, ils critiquaient tant qu'ils pouvaient. Il paraît que Pablo Zorfi a fait incendier les entrepôts Colòn. Deux pompiers sont morts. Oh la, la. C'est vilain, ça. Et combien seraient morts si on avait laissé les ouvriers de l'entrepôt continuer leurs conneries ? Ils trafiquaient. Ils volaient leurs patrons. Ils revendaient leurs marchandises. C'est pas vilain, ça ?

Les choses allaient changer, maintenant. Mendes en avait marre de faire le larbin. Pablo était fini. Il voyait des éléphants roses, il sucrait les fraises. Jusqu'ici, Mendes l'avait couvert, à chaque fois. Il avait trouvé cette fille, dans la chambre, le bide ouvert. Il avait étouffé le coup. Il n'avait laissé personne entrer dans la pièce. Il avait nettoyé les draps. Il avait ramassé les boyaux, il avait recousu le ventre pour éviter que ça recommence. Il avait monté des litres de soude caustique. Il avait fait fondre le corps dans la salle de bains.

Pendant tout ce temps, Pablo l'avait regardé faire, assis dans un coin de la chambre, prostré.

Oui, Mendes avait toujours fait le sale boulot. Il l'avait fait pour Pablo, tant que Pablo avait tenu le coup. Maintenant, c'était fini. Pablo allait craquer en public, et tout serait foutu. Il fallait se préparer à cet événement. Le mieux était de tout organiser. Mendes aurait une longueur d'avance. Ce serait plus propre.

Tu as fait construire une nouvelle école, plus grande.
Tu as tiré sur des gens.

15 août 1924

Marie était la protectrice de Sansalina. Le 15 août, les porches se couvraient de corbeilles de fleurs. Les fanions barraient les rues. Ce jour-là, on pouvait aller voir son pire ennemi avec une miche de pain et une poignée de sel. Il n'avait pas le droit de vous fermer sa porte. C'était un jour de liesse populaire et de pardon.

La nouvelle école avait été construite sur les ruines des entrepôts Colòn, à deux pas de l'ancienne. Pablo voulait que l'école reste dans le quartier Sainte-Lucie.

Le ciel était limpide. Le soleil brillait avec force sur la façade blanche et propre ; sur le gravier de la cour, où les personnalités de la ville s'égayaient depuis le début de la matinée. Une petite brise rafraîchissait les épaules nues, soulevait les nappes. Pablo se présenta sur le perron. L'instituteur, Jaime Vasquez, vint le rejoindre. On applaudit. Pablo leva la main pour demander le silence.

Raquel était là. Les Buenhombres étaient là. Eduardo Mendes, Felipe Guzman, Raùl, Simòn et Agustìn Martìn. Quelque chose brillait dans leurs yeux. Pablo prit la parole. Il hésita, trahissant un manque de préparation feint et une émotion sincère.

— Je vais vous dire, c'est le plus beau jour de ma vie. Vous vous demandez sûrement pourquoi un ignorant comme moi met tant d'énergie dans cette histoire d'école, eh bien, je dirais simplement, comme disait Marc Aurèle, « Les voies de la sagesse s'ouvriront aux enfants de la plèbe. » Voilà.

On applaudit encore. Les gens buvaient ses paroles. Seulement, Pablo n'avait rien prévu d'autre à dire. Il tendit la main vers l'instituteur, qui la saisit. Pablo résistait de moins en moins à l'émotion.

— Bref, je suis un ignorant, et je vais laisser la parole à Don Jaime qui vous en convaincra mieux que moi.

Nouvelle salve de rires. Nouveaux applaudissements. Pablo s'effaça en poussant un soupir.

— Je n'ai rien à ajouter, dit Don Jaime. Sinon ceci : la citation est à peu près exacte, mais ce n'est pas Marc Aurèle. C'est Tite Live.

Pablo éclata de rire. C'était jour de fête. On pouvait plaisanter à ses dépens. Don Jaime, en tout cas, en avait le droit.

La foule leva son verre. Les cuivres étincelants suivirent le mouvement. La musique emplit l'espace, couvrant les rires et les bravos. Les tamarins exhalaient leurs parfums. Pablo fit face au peuple béat. Quelque chose le saisit au ventre. Quelque chose de mauvais. Il sentit son regard. Quelqu'un était là, qui l'observait. Il pivota pour remonter vers ce regard. Et il tomba dessus.

Pablo ne l'avait jamais vu comme ça, et pourtant c'était lui. Comme tous les autres spectateurs, il portait un costume impeccable. Il était rasé de frais. Il tenait à la main une coupe de vin pétillant. Comme tous les autres, son visage s'ornait d'un sourire radieux. C'était son père, Ramon. Le vieux Zorfi revenait du royaume des morts, pour lui donner des coups de ceinture.

Pablo sentit son estomac se révulser. La terreur le prit. Il tira son arme de sa poche poitrine et fit feu. Il put tirer trois coups avant que ses hommes le ceinturent. Il n'eut pas le temps de voir s'il avait atteint sa cible. Il croisa le regard de Don Jaime. On y lisait une expression sans équivoque, de dégoût, d'exaspération et de peur mêlés.

La Bugatti stoppa à l'entrée du village, effrayant des poulets si maigres qu'on ne les aurait pas donnés en pâture à des vers de terre. Eduardo Mendes en sortit, une valise à la main. Il exultait. Il contourna le véhicule pour ouvrir la portière côté passager. Le vieil homme en sortit.

— Allez, viens, lui dit Mendes. Tu as bien travaillé. Tu as mérité une surprise.

Le visage du vieil homme s'alluma.

— Une surprise, ah oui ?

Mendes marchait d'un bon pas, en direction de la baraque de briques où l'attendait Pepin Chopqi. Ramon Zorfi trottinait près de lui, de sa démarche raide et maniérée qu'il avait contractée en absorbant des quantités excessives de mescaline et d'essence de peyotl.

Chopqi n'avait pas menti. Au bout de quelques mois d'un régime sévère, le vieux Zorfi avait régressé ; il avait perdu la mémoire. Ses aptitudes intellectuelles avaient atteint celles d'un enfant de six ans. La vivacité en moins.

Le plan avait marché. En pleine inauguration,

Pablo avait paniqué. Au-delà des espérances d'Eduardo Mendes. Il avait tiré sur la foule. Il avait estropié une vieille. Ça allait faire un foin épouvantable. Pablo était dangereux, il fichait la trouille à tout le monde. Il fallait l'écarter des affaires. Eduardo Mendes était l'homme providentiel. Les frères Martìn s'étaient rangés depuis longtemps, Felipe Guzman était tout à son bonheur conjugal avec l'ancienne poule de Pablo, la juive. La place du chef était libre. Elle revenait de fait à celui qui s'était tenu le plus longtemps au plus près du poste de commandes. Bravant les dangers que représentait la santé mentale vacillante de Pablo. Et c'était lui. Eduardo Mendes. Lui et personne d'autre. Qu'ils aillent tous se faire foutre.

— Pepin, eh, Pepin !

Eduardo appela de loin. Les enfants prenaient le relais. La silhouette du sorcier apparut bientôt, qui avançait sur les toits en terrasses. Peut-être que, pour une fois, Pepin Chopqi allait se fendre d'un sourire, avec ce que Mendes lui apportait… Non. Pepin Chopqi faisait la gueule, comme toujours. Comme tous ces foutus Indiens, qui se croyaient restés à l'époque de l'invasion espagnole et qui tiraient la gueule parce qu'on leur avait pris leurs terres. C'était loin, maintenant. Il fallait qu'ils se calment un peu.

Eduardo se ressaisit. Lui aussi, il fallait qu'il se calme. Pepin Chopqi était un homme important, ici. Il pouvait mal interpréter son hilarité. Mais c'était plus fort que lui. Eduardo savourait sa victoire. Il s'approcha de Pepin en ouvrant les bras, aussi haut que la valise le lui permettait. Chopqi l'arrêta d'un signe de la main. Pas de familiarité entre nous. Ne t'emballe pas.

— Salut, dit-il.

— Salut, Pepin. Salut et merci. Je t'ai apporté…

Chopqui claqua des doigts pour attirer l'attention d'une femme qui passait. Il désigna le vieil homme dégingandé. Il parla dans sa langue. La femme opina. Elle s'approcha de Don Zorfi et entreprit de lui retirer son costume, un peu chaud pour la vie au grand air. Don Zorfi se laissait faire. Il se contentait de marmonner : « une surprise, une surprise… »

Mendes détourna les yeux. Sur le ventre du vieillard, le coup de feu qu'il avait tiré avait laissé des traces. Les Indiens l'avaient recousu grossièrement, avec du fil de pêche. La plaie était cicatrisée, mais elle faisait peine à voir.

Pepin Chopqi fit un petit signe du menton vers le haut. Ça voulait dire : je vais parler. Peut-être maintenant, peut-être plus tard. En attendant, tais-toi.

Eduardo Mendes obéit.

— Est-ce que ça s'est bien passé ? demanda enfin Chopqi.

— Parfait. Vous avez bien travaillé. Je vous remercie.

— Est-ce que tu as pensé à la récompense ?

Mendes piaffait. Il voulut répondre, mais Pepin Chopqi renouvela son geste du menton.

— Attends, dit-il. Prends le temps de réfléchir. Quand tu es venu me voir, tu m'as demandé de me servir de nos médecines pour ton propre profit. Tu te souviens de ce que je t'ai répondu ?

— Oui. Tu…

— Je t'ai dit : attention, ces techniques sont sacrées pour nous. C'est grave, ce que tu me demandes. Tu veux que j'emploie ces techniques à des fins criminelles. Que je commette un sacrilège. Je veux une récompense en échange. Est-ce que tu te souviens de la récompense que je t'ai demandée ?

— Bien sûr ! Tu m'as…

— Homme blanc, tu parles trop. Je t'ai dit : en échange, je veux la fin de la misère. La fin de la misère. Est-ce que c'est ça que tu nous apportes dans ta valise ?

Mendes fut enfin soulagé. Il était fier de la somme qu'il apportait. Il avait compté les honoraires d'un pro, et il avait doublé la mise. Il ouvrit sa valise. Pepin Chopqi baissa les yeux vers les billets que Mendes froissait sous son nez.

— Voilà la somme, dit Mendes. Six mille pesos. Qu'est-ce que tu en dis ?

Pepin Chopqi le toisa d'un air hautain. Il réfléchit un moment, puis il cracha par terre et lui tendit la main.

— Au revoir, Blanche Neige. Rentre chez toi.

L'Indien n'avait même pas compté l'argent. Mendes eut envie de lui tirer une balle dans la tête. Mais il se retint. Il était soulagé d'en finir avec Chopqi. Pour un moment, du moins. Le coup du cadavre ambulant avait bien marché, il s'en resservirait peut-être plus tard.

Pablo avait vu rouge, immédiatement. Mendes se gardait Don Fernando au frais. Les Indiens allaient l'entretenir. Et peut-être qu'un jour, il resservirait. À moins que Mendes ait une meilleure idée.

Eduardo fit un dernier signe de la main et se glissa dans la Bugatti.

Pepin veilla à ce que le vieil homme soit correctement rhabillé. Il lui fit donner une pipe de peyotl, et le vieillard s'en alla, content.

— Oh, une surprise… Belle surprise.

Pepin observait la Bugatti qui s'en allait, en zigzagant sur la piste. Un gamin s'approcha. Désignant la valise, d'où les billets s'envolaient, portés par le vent :

— C'est quoi ?

— Rien, répondit Pepin. Du papier. Tu vas convoquer le conseil. Il faut retrouver mon frère, Atanata.

— Le Blanc ?

Pepin sourit. Il savait que les Blancs qui travaillaient avec lui appelaient son frère « l'Indien ». Ici, il avait été banni parce qu'il travaillait avec des Blancs.

— Oui. Il va nous aider. Eduardo Mendes s'est foutu de nous.

Le conseil se rangea aux arguments de Pepin Chopqi. Il fallait faire appel aux services d'Atanata. Ce serait une bonne occasion de le réintégrer dans le village.

Les recherches prirent trois ans. Les activités d'Atanata exigeaient le secret. Mais la famille avait de la ressource. En avril 1927, on apprit qu'il exécutait un contrat dans le nord, qu'il avait reçu le message, et qu'il répondait positivement.

Sansalina, 14 avril 1927

Dolores pensait à son fils, Luis. Elle avait besoin de lui. Elle l'invoquait. Luis avait un don. Une faculté pour détruire, sans la moindre méchanceté. Un jour, ils l'avaient laissé seul à la maison quelques heures durant. À leur retour, Luis les avait accueillis avec un air angélique. Dolores imagina le pire. Luis avait quelque chose à se reprocher.

Hernan avait inspecté l'écurie. Il était revenu avec le sang aux joues. Le front pâle, le regard furieux. Il tenait une planche de bois à demi consumée. Il l'agita devant les yeux de Luis et se mit à crier.

— On ne joue pas avec le feu, Luis ! Tu sais ce que c'est, ça ? C'est une bombe à retardement !

Une bombe à retardement. En entendant cette expression, Dolores avait eu envie d'éclater de rire. Elle ne riait plus, maintenant.

Elle avait déchiré les pages du livre. Elle en avait fait un monticule, au pied du tas de charbon. Elle y avait logé une bougie. Il suffirait qu'elle l'allume. En se consumant, la bougie mettrait le feu aux pages du livre. Qui incendieraient le charbon imbibé de fuel. La chaudière monterait en température. Et boum. Bombe à retardement. Désordre. Chaos. Façon Luis. Façon Pablo.

Dolores avait économisé les bougies. Elle avait attendu dans le noir. De temps en temps, les rats revenaient. Ils crapahutaient dans le tas de charbon. Dolores avait trouvé un moyen de les écarter. Il suffisait d'aboyer. Ça les faisait fuir. Si quelqu'un l'entendait, de l'autre côté de la porte, il devait se dire : cette femme est folle. Tant mieux, ça servait ses plans. Et puis, c'était agréable. Dolores aimait faire le chien. C'était distrayant. Ça la défoulait.

Dolores entendit des pas dans le couloir. Des éclats de rire. Des voix. Le moment était venu. Elle ouvrit la boîte d'allumettes. Ses doigts tremblaient. Elle poussait des jurons à mi-voix. Elle saisit l'allumette au ras de la boule de soufre. Elle se racla les ongles sur le bord de la chaudière. Elle se brûla. La flamme vacilla près de la mèche. On entendait un cliquetis de clefs. Les loquets s'ouvraient. La bougie prit feu. Dolores bondit. Il lui restait une chose à faire. Diversion.

La porte pivota sur ses gonds, et l'homme apparut dans un rai de lumière.

— Dolores ?

Un cri déchira le silence, puis la plaque de métal traversa l'air en sifflant. La pelle rebondit sur le crâne de l'homme avec un double bruit d'acier et de cartilages écrasés. Eduardo Mendes hurla. Il se saisit le crâne à deux mains, tombant à genoux. Dolores lâcha la pelle et bondit hors de l'ombre. Elle découvrit les deux hommes qui accompagnaient Mendes. Trapus. Massifs. À eux deux, ils bouchaient le passage.

Dolores bondit, les ongles en avant. Les lèvres troussées dans un rictus carnassier. Surpris, les deux hommes eurent un mouvement de recul.

Dolores n'espérait pas leur échapper. Mais il fallait les écarter de la porte. Qu'ils ne voient pas la bougie. L'un des hommes la saisit par les poignets. Elle se plia en avant et frappa l'homme au ventre de toutes ses forces, avec les genoux. Ils basculèrent, perdant l'équilibre. L'homme riait.

Dolores n'avait pas frappé assez fort. Les volants de sa jupe avaient freiné son élan. Le gras du ventre avait amorti le coup.

On la tira brutalement par les cheveux. Elle se retrouva debout, cambrée, un poing dans les reins. Sa tête rebondit sur le mur. Le visage rubescent de Mendes apparut à quelques doigts de son visage. Il écumait. Ses narines saignaient abondamment. Il envoyait des gouttelettes de sang quand il criait.

— Sale petite pute !

Il la gifla. Un voile noir passa devant les yeux de Dolores. Elle eut l'impression de traverser le couloir en volant. Elle heurta l'autre mur. Une autre gifle. Une troisième. Dolores tenta de se protéger avec les mains. Les coups continuaient de pleuvoir sur ses avant-bras nus. Mendes avait eu la trouille. Il lui en voulait. À mort. Il continuait de l'injurier.

Des éclats de voix résonnèrent dans le couloir. Les coups cessèrent. Dolores reprit ses esprits, accroupie sur le sol. Elle se redressa. Sa tête tournait, elle avait la nausée. Un des gardes de Mendes l'aida à se tenir debout. L'autre s'était interposé. Un peu plus loin, Mendes tournait dans le couloir, en se tamponnant avec un mouchoir. Il regardait Dolores de temps en temps, du coin de l'œil, d'un air mauvais.

Dolores l'observa. Il ne s'était pas arrangé, avec le temps. Son visage en lame de couteau s'était gonflé. Il portait maintenant un double menton incongru. La graisse accumulée par les excès accentuait la minceur de sa boîte crânienne.

Il fit signe à ses hommes et pivota. Dolores se sentit soulevée de terre. Ses jambes tremblaient. Elle était patraque.

Ils montèrent un escalier et débouchèrent dans un petit salon feutré et cossu. En se retournant, Dolores vit que l'accès à la cave où on l'avait enfermée était peint en trompe-l'œil. On la fit asseoir. Au plafond, des enfants dodus bandaient leurs arcs.

Mendes se remit d'aplomb. Il prenait des airs de conspirateur. Il observait Dolores. L'apparence physique de la jeune femme lui plaisait.

— Bonjour, Dolores, dit-il. Tu as la main lourde. Mais je te pardonne.

Dolores le fusilla du regard. L'homme qu'elle voulait attacher au pilori pour lui arracher les tripes prenait forme et visage. Celui d'Eduardo Mendes. Il ne perdait rien pour attendre.

— Tu as beaucoup souffert, Dolores. Mais c'est bientôt fini. Je vais te demander une toute petite chose. Une dernière.

Dolores frissonna. Elle se mit à siffler entre ses dents.

— Essaye de me toucher, espèce de porc, essaye…

Mendes leva la main en signe de paix.

— Ça n'a rien à voir. Pour qui tu me prends ?

Puis il se pencha vers son visage.

— Je comprends ta colère, mais tu te laisses emporter. Je sais que tu m'as toujours pris pour un con, et c'est pas maintenant que ça va changer. Tu en as bavé. Ça brouille ton jugement. C'est pas moi le méchant. Je suis là pour t'inviter à dîner.

L'estomac de Dolores se manifesta. La salive envahit sa bouche. Elle crevait de faim.

— Je suppose que Guzman t'a parlé de Pablo.

Mendes prit un air triste. Affecté.

— Pablo ne va pas bien. Pas du tout. Il a des visions, il devient dangereux. Alors, on a pensé… J'ai pensé, en fait, qu'un petit tête-à-tête avec toi lui ferait du bien. Tu as toujours eu une bonne influence sur lui. Je vais te conduire dans la salle du restaurant, tu verras Pablo assis à sa table. Seul. Il dîne toujours seul. Tu vas descendre le rejoindre. Et vous allez vous faire un petit dîner, tous les deux. Et tout sera fini. Tout.

Dolores luttait contre la nausée. Elle avait besoin de réfléchir, de comprendre. Mais le manque de sommeil et de nourriture ne l'aidaient pas. Guzman et Agustìn étaient morts. Pourquoi Mendes les aurait-il tués, s'ils voulaient tous exactement la même chose ?

L'un des hommes voulut prendre Dolores par le bras pour la mettre debout, elle se dégagea.

— Où est ma famille ?

Mendes prit un air outré. Il écarta les mains, sa bouche s'arrondit. Tout son être protestait devant la calomnie.

Dans ses gestes, ses poses, Dolores voyait revivre Eduardo tel qu'elle l'avait connu enfant. Il jouait au gangster. Il imitait les attitudes des caïds. Leur façon d'allumer leur cigare, de prendre la parole en public. Les mille et une techniques employées pour impressionner les autres. Il avait pris leur place, et il continuait de jouer. Pareil.

Inclinaison de la tête, froncement de sourcil. Regard suppliant de caniche, avec sourire ironique pour compenser.

— Dolores, tu me fais de la peine.

Imitant la jeune femme :

— Où est ta famille ?

Regard à la ronde. Public pris à témoin.

— Mais… Chez toi, elle t'attend.

Hochement de tête.

— Tsssss.

Invitation du bras à se lever.

— Allez. Une dernière formalité. C'est trois fois rien.

Eduardo Mendes entraîna Dolores jusqu'aux balcons qui dominaient la salle du restaurant. Sans l'avoir jamais vu de l'intérieur, Dolores sut qu'elle était à l'hôtel Colòn. Du luxe. Un peu trop de luxe. Des miroirs aux cadres lourds. Du clinquant. Des angelots. Des femmes grasses, à la féminité épanouie, le sexe couvert d'un drapé que le vent, comme par enchantement, soulevait dans le bon sens. La richesse ostentatoire des petites frappes arrivées.

Des hommes déambulaient. Ils surveillaient la salle. Ils ne faisaient même pas semblant d'être honnêtes. La clientèle devait aimer ça. Eduardo lâcha le bras de la jeune femme.

— Il est là, dit-il. Vas-y. Fais pas de conneries, et tu seras libre.

Dolores se dégagea de son étreinte avec soulagement. Elle se souvenait qu'un jour, elle avait joué à la marelle avec Eduardo. Il avait essayé de la peloter.

Un escalier à double développement descendait dans la salle. Entre les deux volutes, sur une estrade, un groupe déguisé en mariachis jouait une milonga sirupeuse dans l'indifférence générale. Mais la chanteuse y croyait.

Los años perdidos lloran
Lacrimas de sangre
Que se llaman
Recuerdos

Les clients étaient tous en couples, ou en groupes. Il n'y avait qu'un homme seul. Au milieu de la salle. Face à l'orchestre. C'est lui que les gorilles observaient depuis les balcons. Il tournait le dos à Dolores. Il avait gagné en corpulence. Ses épaules tombaient un peu. Il allait chez le coiffeur. Dolores contourna la coursive et se présenta en haut de l'escalier.

L'homme leva les yeux vers elle. C'était bien Pablo. Comme Eduardo, il avait le visage bouffi, de lourdes cernes lui donnaient une expression de tristesse. Elle eut envie de le prendre dans ses bras. Elle descendit.

Il l'observait sans bouger. Dolores pensa aux serpents qui domptent leurs proies avant de les dévorer. Ils étaient deux serpents. Difficile de décider lequel était la proie.

En arrivant à sa table, elle comprit que Pablo n'avait pas été prévenu. Il n'y avait qu'un seul couvert, une seule chaise. Dolores se présenta devant lui. Pablo semblait paralysé, les deux mains posées à plat sur la table. Il fit claquer sa langue d'un air contrarié.

— Bonsoir, Pablo, dit-elle.

Il répondit avec un temps de retard. Il n'avait qu'un tout petit filet de voix.

— Bonsoir ?

Dolores déglutit pour desserrer le garrot qui l'étranglait. Elle toussa pour s'éclaircir la voix. Elle n'en croyait pas ses yeux. Il avait peur d'elle. Il faisait semblant de ne pas la reconnaître.

Du calme, se dit-elle. Reste calme. Souviens-toi. Pablo va mal. Il a besoin de paix. Donne-lui un peu de paix, et tu rentreras chez toi.

— C'est moi, Pablo. Dolores. Je suis venue te voir. Tu m'invites ?

Il l'observa longuement. Totalement inerte. Comme si son esprit s'échappait de son corps. Effectivement, Pablo n'allait pas bien. Il prenait les choses au tragique. Il était complètement paumé.

— Comment ? demanda-t-il enfin.

— Je suis venue dîner avec toi, si tu es d'accord.

Il leva le bras en direction des garçons. Sans la quitter des yeux. Un jeune homme boutonneux s'approcha au pas de course.

— Vous allez mettre un couvert de plus, dit Pablo d'une voix blanche. Et une chaise. Sans poser de question. Et vous servirez la même chose qu'à moi.

Le jeune homme s'inclina.

— Bien, monsieur.

Il se dépêcha de disparaître.

On apporta une chaise, des assiettes et des couverts. Dolores s'assit. Pablo avait toujours les mains posées sur la nappe. Elle tendit la sienne pour le toucher. Il se rétracta brusquement.

— Pardon. Je suis… Il faut que je me protège, tu comprends ?

Il tira de la poche de sa veste une bouteille d'alcool de pharmacie. Il en imbiba sa serviette. Il essuya ses couverts. Il essuya son assiette. Il essuya son verre. Méticuleusement.

— Il y a tellement de trucs qui traînent, dit-il. On ne sait jamais ce qu'on peut attraper. Il y a des tas de microbes. Des germes. Des végétations. Des parasites. C'est des espèces de… champignons microscopiques. Il faut se méfier. C'est comme ça qu'on tombe malade. La grippe. La variole. Il faut se protéger.

Dolores accusa le coup. Le comportement de Pablo la désarçonnait. Elle ne s'attendait pas à éprouver de la pitié pour lui. Elle se dit : reprenons du début. Elle parla doucement.

— Pablo, je suis contente de te revoir, tu sais ?

Il sourit, mais ses yeux trahissaient une profonde douleur.

— Moi aussi, je suis content.

Elle tenta de sonder son regard. Pourquoi n'engageait-il pas la conversation ? Pourquoi ne lui servait-il pas de banalités du genre : tu es ravissante, ou : comment vas-tu ?

Elle prit les devants.

— Comment tu me trouves ?

— Bien, tu as l'air bien.

Un garçon s'approcha pour prendre la commande. Pablo demanda des cailles, du riz sauté, de la salade et des quesadillas. Et du vin français au nom imprononçable. Puis il pointa du doigt l'assiette de Dolores.

— Vous servirez la même chose, là.

Le garçon répondit d'un coup de tête, en rougissant.

Pablo se pencha sur la table et ajouta :

— Il ne faut pas leur en vouloir. Ils ne savent pas, tu sais. Ils ne te voient pas.

Il lui fit un clin d'œil.

Il y eut un long silence. Pablo ne quittait pas Dolores des yeux. Sa poitrine allait et venait. Il était oppressé. L'orchestre attaquait un nouveau morceau ; sans attendre d'être applaudi pour celui qu'il venait de jouer. Dolores avait des crampes d'estomac. Elle se demandait si elle allait résister, quand on apporterait les plats. Elle se servirait sûrement de ses doigts. Elle pleurerait devant les quesadillas. Le garçon boutonneux s'écarta de la table. Il fit basculer son plateau pour le coincer sous son bras. Un magnifique plateau d'argent. Lisse et brillant comme un miroir.

L'espace d'un instant, Dolores vit son reflet sur le plateau. Elle était cadavérique. Ses joues étaient creuses. Quelques mèches de ses cheveux avaient brûlé lors de l'incendie. Elle avait des hématomes sur le visage. Les yeux profondément cernés. Les paupières bouffies. Elle avait beaucoup pleuré.

Les paroles de Felipe Guzman lui revenaient en mémoire.

Il voit des gens.

Des gens qui sont morts.

Elle crut qu'elle allait s'évanouir.

La nouvelle était arrivée jusqu'à Sansalina. L'incendie de la bibliothèque. Sa disparition.

Pablo la croyait morte. Il parlait à un fantôme.

D'instinct, Dolores voulut lever les yeux vers le balcon, derrière elle. Elle se retint. Eduardo Mendes les observait sûrement de là-haut. L'idée était de lui. Il l'avait lavée, habillée, puis il l'avait enfermée dans une cave jusqu'à ce qu'elle soit prête à manger du rat. Jusqu'à ce qu'elle aboie. Pour que Pablo panique en la voyant. Pour qu'il déraille, pour qu'il fasse une bêtise, devant tout le monde. Pour se débarrasser de lui, et d'elle en même temps. Eduardo Mendes était malade.

Dolores comprit qu'elle devait redoubler de calme et de douceur. On servait le vin. Pablo souleva une main tremblante. Il esquissa un geste de salut vers Dolores et vida son verre d'un trait. Il n'avait pas beaucoup d'éducation, mais il en avait assez pour savoir que ce n'est pas une façon de boire un grand cru. Il n'avait pas pu se retenir. Dolores l'imita. Ça le fit sourire. L'ivresse la prit. Elle plongea vers le royaume des morts.

— Pablo, je ne sais pas si tu es au courant pour la bibliothèque de Chazcùn, mais je ne pense pas que tu y sois mêlé. Même si c'est le cas, je veux bien croire à un accident. Il suffit que tu me le dises.

Pablo avait perdu le sourire. Il faisait non de la tête, comme par réflexe. Il eut du mal à parler.

— Je ne savais pas, Dolores, je te le jure. Je ne sais pas qui est dans le coup, mais je les retrouverai et je te…

Le mot « vengerai » ne vint pas. Pablo se reprit.

— Je les punirai.

— Je ne suis pas venue réclamer la vengeance, Pablo. Je suis venue te dire une chose.

Dolores s'interrompit. Il fallait faire un choix. Éviter certains sujets. Il ne fallait pas dire : je cherche à retrouver mon mari, ma belle-mère et mon fils. Parce que je les aime, qu'ils m'aiment, et qu'ils rendent ma vie intéressante. Elle le dirait à l'occasion, mais le moment n'était pas venu. On ne frappe pas un homme à terre. Surtout quand on a besoin de lui.

Tendant à nouveau la main vers Pablo, au-dessus des assiettes, elle dit :

— Je ne suis pas morte. Touche-moi.

Il resta immobile un instant, puis il plongea vers la bouteille de vin. Il se servit un verre avec précipitation. Il le porta à ses lèvres. Il le reposa. Imperceptiblement, l'orchestre ralentissait le tempo.

— Je ne suis pas morte dans l'incendie de la bibliothèque. Felipe Guzman m'a sauvé la vie. Il m'a ramenée ici. Pour que je te voie. Touche ma main, je t'en prie. Tu me connais. Tu sais que je ne t'ai jamais fait de mal. Je t'aime, tu sais ? Tu n'as pas à avoir peur de moi.

Pablo essuya sa paume sur la nappe immaculée. Il leva la main vers celle que Dolores lui tendait.

Une femme hurla de terreur. C'était la chanteuse du groupe. Elle désignait le balcon. Pablo se redressa d'un bond. Il suivit le regard de la chanteuse, et pivota vers la galerie. Mendes avait un regard paniqué. Il ne voyait pas la vague de fumée noire qui envahissait le couloir derrière lui. On entendit des cris :

— Au feu, au feu !

Dans le même temps, Mendes ordonna :

— Feu !

Mais ses hommes ne comprenaient pas. Pablo n'avait pas donné les signes de panique annoncés. Ils crurent qu'Eduardo leur ordonnait de se mettre à l'abri des flammes. Dans le restaurant, les gens se levaient en hurlant, se précipitant vers la sortie. Mendes dégaina son arme. Il la pointa sur le couple.

Pablo l'aperçut. Il fit basculer la table et se jeta à terre. Une décharge d'adrénaline venait de le projeter dix ans en arrière. Il tira Dolores par les chevilles. Elle perdit l'équilibre. Les premiers coups de feu partirent. Sept d'affilée. Tout un chargeur. Les balles s'écrasaient sur la table de chêne, arrachant des copeaux, perçant des trous.

Pablo fit signe à Dolores de le suivre. Il faisait rouler la table, pour couvrir leur fuite. Ils parvinrent à l'abri du balcon avant que Mendes ait rechargé son arme.

Ils longèrent le mur. Les flammes gagnaient par le couloir, en haut de la rambarde. Des hurlements de panique, des bris de vaisselle et de bois brisés emplissaient la salle.

Pablo avait dégainé son arme. Il prit la jeune femme par la taille et l'entraîna. Ils louvoyèrent entre les couples qui essayaient de fuir. Les flammes gagnaient, à l'étage. Dolores se sentait envahie par une pénible impression de déjà-vu.

Atanata Chopqi préférait le lin, pour voyager. Il travaillait près de la frontière quand il avait reçu le message de son frère.

Le pueblo a besoin de toi. Viens vite. Il y a de l'argent.

Atanata avait bouclé son contrat et pris le premier train vers le sud. Il avait choisi un costume léger, sans gilet. Beige. Pas trop salissant. La nuit était tombée alors qu'ils traversaient la sierra. Maintenant, le train ralentissait à l'approche d'une gare. L'homme regarda sa montre. Il restait huit bonnes heures de voyage. Il baissa les paupières.

Quelques minutes plus tard, des passagers envahirent le couloir, appelant son attention. Une femme chargée de ballots s'assit par terre à quelques pas de lui. Elle était avec deux jeunes enfants. Elle était enceinte.

Atanata se leva pour lui laisser sa place. La femme se répandit en remerciements. Il répondit d'un sourire modeste et partit fumer un cigare sur la plate-forme arrière.

Code de conduite Atanata Chopqi, article douze. Ce n'est pas parce qu'on fait un sale boulot qu'on doit se comporter comme un porc.

Place Sainte-Lucie

Un train arrivait en gare de Sansalina. On entendait siffler la locomotive. La place était étrangement calme pour un jour de marché. Pablo s'écarta de la fenêtre, marchant délicatement sur le parquet craquant. La jeune femme dormait toujours, au fond de la salle de classe.

Longtemps, Pablo l'avait regardée dormir. Il savait qu'il aurait pu la posséder.

Enfant, Pablo croyait qu'il aurait offensé Dolores en lui disant ce qu'il éprouvait. J'ai besoin de ta peau. Je veux t'avoir près de moi. Laisse-moi embrasser ton cou, et ma vie sera sauvée.

Il avait laissé passer sa chance. Par délicatesse.

Puis il avait grandi. Il avait connu Raquel, et beaucoup d'autres femmes. Pour l'homme qu'il était devenu, se retrouver nu dans un lit avec une créature n'était plus une épreuve insurmontable. C'était un jeu. Un jeu qui fait battre le cœur. Au début surtout, et puis de moins en moins.

Elles finissaient toutes par dire oui. Il suffisait de les traiter avec des égards. Éviter les fleurs à la con, les fadaises. Il fallait être franc. Aller droit au but. Tu es belle dans cette robe. Viens. Enlève-la.

Elles finissaient toutes par dire oui. Parce qu'elles avaient soif, comme lui. Parce que tous les êtres humains sont semblables. Même s'ils roulent des mécaniques. Même s'ils ont femmes et enfants. Même s'ils incendient des entrepôts. Même s'ils résistent à la douleur. Ils ont soif. Hommes ou femmes ; enfants, vieillards. Ils ont soif. Ils veulent de la peau, de la douceur. Ils savent que, sans la promesse d'une étreinte, la vie ne vaut pas lourd.

Pablo savait qu'en serrant Dolores dans ses bras ce matin-là, il aurait pu l'avoir. Il connaissait aussi le goût âcre et fade de l'aube après la possession, certains matins. Quand les amants ont abdiqué, et qu'ils n'ont rien à se dire parce que la soif est morte. Il l'avait laissée dormir.

Ils s'étaient réfugiés dans l'ancienne école, dans une classe vide au rez-de-chaussée. C'était une idée stupide. Si Mendes les cherchait, il ne tarderait pas à les trouver.

Pablo monta sur l'estrade. Il s'installa à la place du maître. D'une main il essuya la poussière accumulée sur le bureau. Il tira un petit carnet de cuir noir. Son petit carnet. Il l'ouvrit. Qu'allait-il noter pour la journée de la veille ? Il mordilla la pointe de son crayon.

— Qu'est-ce que tu fais ?

La voix endormie de Dolores. Une main s'était posée sur son épaule, légère comme une plume. Pablo escamota son carnet. Il le cacha dans sa main, comme un cancre pris en faute.

Le teint pâle de Dolores. Les yeux rougis. Les cheveux collant au front.

— Ça va ?

Hochement de tête négatif.

— J'ai faim. J'ai de la fièvre.

— On va sortir. Prendre un petit déjeuner. Je vais m'occuper de toi. On va te trouver un médecin.

Ils se tenaient debout, face à face. Deux corps humains exaspérés. Chauffés à blanc.

— Pablo !

La voix d'Eduardo Mendes venait d'éclater au dehors. Déformée par un porte-voix. Pablo et Dolores s'approchèrent de la fenêtre. Pablo comprit pourquoi la place était si calme, ce matin.

Le train arrivait en gare de Sansalina. Atanata Chopqi s'était assoupi sur des ballots de linge. Il fit un bond en avant. Il percuta le crâne d'un vieillard. Il jura. Il jeta un coup d'œil à travers la vitre du train, et jura encore.

Il était arrivé.

Il prit sa valise de cuir. Son outil de travail. Il enjamba la foule endormie et décrocha sa malle, dans le filet. Il atteignit le quai juste avant que le train redémarre. Inconvénient du lin : le tissu était froissé. Avantage : il suffirait de le tremper dans une bassine d'eau tiède, et de l'étendre correctement, pour qu'il reprenne sa forme. Rien de tel qu'un costume de lin pour voyager. Chopqi n'en démordait pas.

Le train repartit. Les barrières sur le passage à niveaux se levèrent. De l'autre côté, sur la petite place, un attroupement se faisait. Atanata avait du temps à tuer. Il savait que les siens seraient en retard. Il décida d'aller voir.

Dolores soupira. Son soupir mourut dans un gémissement. Il n'y aurait pas de petit déjeuner. Pas de médecin. Pas de je-vais-m'occuper-de-toi. Un cordon d'hommes en armes encerclait la cour de l'école. Les canons des fusils passaient entre les grilles. Des gens s'étaient massés peu à peu derrière eux. Ils s'installaient sans bruit. Solennellement. Comme à la messe. Ils attendaient en silence que quelque chose se passe. Un camion bâché s'approcha des grilles. La foule s'écarta sur son passage.

Dolores se pendit à la taille de Pablo. Ils avaient tant de choses à se dire. Ils n'en auraient pas le temps. Ils étaient piégés. Ils allaient mourir, tous les deux. Perdue pour perdue, elle pouvait bien se pendre à sa taille.

Pablo avança la main vers la tempe de Dolores. Il prit le prétexte d'une mèche folle qu'il rangea soigneusement. Il effleura son oreille. Il tremblait. C'était comme s'il n'avait jamais tué personne. Comme s'il n'avait jamais touché une fille. Il se sentait vierge et gauche. Il savait qu'il allait dire quelque chose d'absurde.

— À quoi tu penses ? demanda-t-il.

Dolores fit un demi-sourire. Elle répondit sans ciller :

— Au Mal absolu. Tu sais ce que c'était, avant, pour moi, le Mal absolu ?

Pablo hocha la tête. Il avait une petite appréhension.

— Une voisine de Hernan, mon mari. Elle habite au-dessus de son cabinet. Si tu la croisais dans la rue, tu te dirais : charmante vieille dame. Pendant longtemps, cette femme a été pour moi l'incarnation du Mal. Ce qui s'est fait de plus horrible, depuis la création du monde. Un jour, j'étais venue voir Hernan. J'étais avec Luis, mon fils. Il est… Enfin, il n'est pas vraiment normal.

— Je sais, oui. On appelle ça idiot ?

— Oui, on dit idiot, c'est le terme médical. Mais j'espère qu'on en trouvera un meilleur. C'est un enfant, en fait. Toute sa vie, il restera un enfant. Mignon, attachant, sale, et brutal, comme un enfant. Donc, j'étais avec Luis, et je rencontre cette femme dans l'escalier. Je me déplace pour la laisser passer, et tu sais ce qu'elle me dit ? Elle regarde Luis, et elle me dit : quand on a des enfants comme ça, madame, on les cache. On ne les laisse pas sortir.

Dolores leva les yeux vers Pablo. Des yeux pleins d'inquiétude et d'incompréhension.

— Cette femme, c'est le Mal absolu, dit-elle. Le Démon. Elle est là pour nous rappeler que le Mal existe. Il y a des gens qui tuent, qui torturent, mais il y a quelqu'un de pire encore, c'est la señora

Salzar, à Chazcùn. Elle habite au-dessus du cabinet de Hernan. Méfiez-vous.

Pablo respira. Il s'en sortait bien. Il trouvait les arguments de Dolores implacables. Un sentiment le gagnait. Profond, bénéfique, et douloureux. Un sentiment de paix.

— Et maintenant, tu as changé, d'avis ?

Elle se serra contre lui. Des hommes attaquaient la grille de l'école à la scie à métaux. Eduardo Mendes était derrière eux, son porte-voix à la main.

— Je ne sais pas, dit-elle. J'attends de voir. Qu'est-ce que tu vas faire ?

— Tu me connais : comme d'habitude.

— Foutre un maximum de bordel ?

— Exactement.

Pablo sourit. Elle avait froncé le nez en disant « foutre » et « bordel ».

— Comment vas-tu faire ?

Le sourire de Pablo s'élargit.

— Tu connais l'art du bordel. Ça ne se décide pas. Ça s'improvise. Mais toi, tu ne vas pas improviser. Tu vas rester planquée, quoi qu'il arrive. Quand la voie sera libre, tu vas courir, et tu vas rentrer chez toi.

Dolores acquiesça. Dehors, la grille cédait. Mendes s'engagea dans la cour. Seul. Couvert par une cinquantaine d'hommes armés. C'était courageux de sa part.

— Pablo !

La bâche du camion tomba. Une mitrailleuse apparut. Toute neuve. Modèle allemand. Pablo secoua la tête.

— Quel flambeur !

Il se tourna vers Dolorcs, brusquement. Il posa ses lèvres sur sa bouche. Elle ne fit rien pour se dégager. Au contraire. Elle entrouvrait ses lèvres. Elle l'embrassait aussi. Elle caressa sa langue avec la sienne. Elle aspira sa salive. Elle serrait sa tête entre ses mains. Je suis une femme. Viens, j'ai envie.

Mendes était arrivé devant les grilles. Il répéta :

— Pablo !

Il développa :

— Pablo, on sait que tu es là. Libère la fille. On ne te fera pas de mal.

Pablo et Dolores échangèrent un regard étonné.

— Quel salaud, murmura Dolores.

Pablo décodait le message.

Zorfi est devenu fou. Il séquestre une bibliothécaire de Chazcùn. Eduardo Mendes est un héros. Il va la délivrer.

C'était dans tous les journaux du matin. Évidemment. Eduardo Mendes tenait tous les journaux de la ville. Pablo les lui avait confiés.

Pablo s'arracha à l'étreinte de Dolores. Il était content d'en rester à une note chaste, comme ça. Il la regardait. Il la retrouvait. Il avait envie d'elle. Il savait qu'il aurait pu se passer quelque chose. Il savait qu'elle se serait donnée à lui. C'était ce qui comptait. Il dit :

— Ça m'a fait plaisir de te revoir.

Et soudain il la lâcha. Il bondit à travers la fenêtre, et il fut dans la cour. Dolores eut envie de l'appeler. Mais elle pensa aux conseils de Pablo. Retrouve les tiens. Sauve ta vie. Elle recula de trois pas.

Pablo avançait vers Mendes. Il souriait. Il marchait calmement. Tantôt, il regardait Eduardo, tantôt il cherchait des visages connus parmi les hommes qui le tenaient en joue. Quelques-uns lui semblaient familiers. Très peu.

Elle était donc là, réunie au grand jour. L'armée de Don Sisco, rachetée homme par homme, fusil par fusil, par Eduardo Mendes, sur ordre de Pablo. Avec l'argent de Pablo.

La Garde Blanche.

Des paysans, des bœufs. Des fourmis. Un monde bestial, grouillant, minuscule, sale. Tout ce que Pablo détestait. Sauf que Pablo aurait mieux fait de s'y pencher un peu, de surmonter son dégoût. Parce que cette masse informe et minuscule était armée, maintenant, et terriblement menaçante. Il s'en rendait compte un peu trop tard.

Pablo parla fort, il voulait être entendu de tous, au milieu de cette place étrangement calme pour un jour de marché.

— Eduardo ! N'aie pas peur. Je viens seul. On va discuter. J'ai quelque chose à te dire…

Il n'avait rien à dire. Il improvisait. Il comblait le vide. Il attirait l'attention. Les deux hommes continuaient de marcher lentement l'un vers l'autre. Pablo ouvrait les bras d'un geste amical. Mendes avait l'air contrarié.

Les deux hommes s'étaient arrêtés à quelques mètres de distance. Pablo gardait les bras ouverts, Eduardo le regardait avec méfiance, l'air de se dire : ce salaud est en pleine forme. Il va essayer de m'entuber. C'était comme si le travail de sape que Mendes avait entrepris depuis plus de cinq ans avait brusquement cessé d'opérer. Le régime mescaline-peyotl-alcool-cocaïne. La valse des fantômes. En une seule nuit, Pablo avait retrouvé la forme. Mendes n'aurait pas dû aller chercher Dolores. Il avait joué un coup de trop. Le choc avait inversé la vapeur. Pablo était de retour. Il pétait le feu.

Pablo souriait, vraiment. Il regardait Mendes dans les yeux. Il gardait les bras levés, à l'attention des hommes qui le visaient. Ne tirez pas, les gars. Pas tout de suite. Tranquille. Je ne suis pas fou. Pas ce matin.

Il parla à voix basse, ne s'adressant plus qu'à Mendes.

— Du calme, Eduardo. Ça se passera comme tu veux. Dis-moi seulement, pour la fille. Tu sais, la fille de la suite, à l'hôtel Colòn. C'est moi qui l'ai tuée ?

Le visage d'Eduardo marqua un moment de surprise. Puis il fit une drôle de grimace. Comme un pied de nez. Comme s'il tentait d'exprimer : ça, mon vieux, tu ne le sauras jamais.

On avait entendu deux impacts, très proches. La joue gauche de Mendes avait brusquement doublé de volume. Quelque chose siffla sous l'oreille droite de Pablo. Sa chemise et sa veste se déchirèrent au niveau de l'épaule.

Eduardo Mendes resta un instant en suspens, la tête percée de part en part, un énorme trou déformant sa joue, et puis il s'effondra. Pablo s'aperçut que sa chemise était éclaboussée de sang.

Il y eut un moment de silence. Ceux qui avaient observé la scène en serrant la crosse de leur arme, les yeux braqués sur Don Zorfi, n'avaient pas prévu que le signal viendrait d'Eduardo lui-même. On leur avait demandé d'observer Pablo. On leur avait dit qu'il était armé. On avait répété qu'il était dangereux. Ils le savaient déjà. On leur avait dit de tirer s'il faisait un geste menaçant.

Mais maintenant, Mendes s'effondrait, et Pablo n'avait rien fait.

On entendit un coup de feu. L'un des tireurs s'était crispé sur la détente de son arme un peu plus qu'il ne faut, et le coup était parti.

Tous se mirent à tirer. Les hommes de la garde rapprochée, les paysans armés à la dernière minute, les flics. Les porte-flingue habituels. Tous. La mitrailleuse se mit de la partie, impatiente de prouver sa puissance.

Le corps de Pablo Zorfi se mit à tressauter au milieu de la place. Très vite, Dolores plongea sous la fenêtre pour s'abriter. Les salves adressées à Pablo n'atteignaient pas toujours leur but.

Le caïd de Sansalina dansait. Même si son corps n'était plus qu'un épouvantail rouge agité au hasard. Les billes de plomb qui l'avaient tué, et qui continuaient de lui déchirer la chair, lui insufflaient un reste de vie. L'illusion du mouvement.

Le corps finit par s'effondrer. Il n'avait plus rien de vivant. C'était une bouillie d'homme. Une charpie.

Dolores resta longtemps prostrée, sur le parquet de la salle de classe, au milieu des débris de verre. Les mains crispées sur sa bouche pour ne pas hurler. Incapable de se calmer. En état de choc. Tout son corps tremblait. Ses larmes coulaient.

Quand elle parvint à retrouver son calme, elle se hissa jusqu'au bord déchiré de la fenêtre. La place était vide. Le corps de Mendes gisait encore au milieu de la cour. Le camion bâché avait disparu. Deux hommes marchaient d'un pas lent vers l'école.

Elle les reconnut. C'était les deux frères d'Agustìn. Quand ils étaient tous ensemble, les triplés marchaient toujours en rang, côte à côte, par ordre de taille. Raùl, le plus petit, Agustìn au milieu, et Simòn le géant. Simòn et Raùl avaient conservé cette habitude, mais maintenant, un trou les séparait.

Dolores avait gardé un bon souvenir des frères Martìn. Mais elle était épuisée. Elle n'était pas de force à leur parler. Pour leur dire : j'ai vu Agustìn mourir. C'était horrible. Il a beaucoup souffert. Elle n'avait pas envie de leur mentir non plus.

Dolores avait été une petite fille rangée, mais pas sotte. Elle entendait les conversations. Elle savait qu'au bout du couloir, au rez-de-chaussée, on atteignait le débarras, sur le flanc de l'école. Là, les petits trous dans le mur. La grille à enjamber. La Calle Mendoza. Le Ponte Narral. La route de Chazcùn. La rue. La liberté. Des étalages où l'on pouvait facilement voler des oranges, des galettes de maïs.

Quatorze minutes plus tôt

Atanata Chopqi avait longé la voie du chemin de fer. Il atteignait la place Sainte-Lucie. Il s'arrêta à distance. L'atmosphère était tendue.

Un cordon d'hommes armés s'était développé en demi-cercle autour de la place. Une foule silencieuse se massait au-delà du no man's land. Tous les regards se tournaient vers la façade de la maison, qui avait servi d'école élémentaire jusque dans les années 20. Au milieu de la place, un homme seul avançait, un porte-voix en cuivre à la main.

Quelque chose se tramait. Atanata contourna la foule. Il cherchait un point d'observation isolé, si possible en hauteur. Il remonta vers la placeta del Sol. Il avisa une vieille grange. Sur le fronton était peint : *Garage Martìn, Vente et réparations.* Deux hommes se tenaient debout devant l'entrée. L'un d'eux était colossal. Atanata aperçut la lucarne étroite, au premier étage de la grange. Il s'approcha des deux hommes.

Ils étaient absorbés par la scène qui se jouait

devant l'école. Ils regardaient l'homme au porte-voix. Ils ne le lâchaient pas des yeux. Atanata hésita avant de leur adresser la parole.

Il sortit son étui à cigarettes. Il fit danser le chrome et la nacre dans les rayons du soleil.

Pour fumer, Atanata préférait l'argent, sauf en voyage. C'était trop lourd. Il proposa une cigarette. Les deux hommes refusèrent. D'un même geste. Sans lâcher des yeux la place Sainte-Lucie.

Chopqi décida de ne pas se laisser abattre. Qu'ils l'aient voulu ou non, les deux hommes avaient repéré sa présence. Le premier pas était fait. Chopqi désigna l'homme au porte-voix, Il demanda :

— Qui est-ce ? Vous le connaissez ?

Le gros se contenta d'acquiescer. L'autre dit :

— Hm, hm. Il s'appelle Eduardo Mendes.

Chopqi sentit ses poils se dresser sur ses avant-bras et sur sa nuque. Il se dit : j'en étais sûr. Il résista à l'excitation. Il ne fallait pas s'emballer. Il ne fallait pas se laisser influencer par les événements. C'était peut-être un coup de chance. Peut-être un trop gros coup.

Eduardo Mendes. L'homme que son frère voulait exécuter. Debout, seul au milieu d'une place dégagée. En plein soleil. Pas un souffle d'air. Jusque-là, ça ressemblait à un conte de Noël. Sauf que Mendes était entouré d'une vingtaine d'hommes armés, chargés de sa protection.

Attentifs à chacun de ses gestes.

Chopqi tira sur sa cigarette. Il prit le temps d'observer la situation. Mendes ne se pressait pas non plus. Il s'était planté au milieu de la place. Il avait jeté un coup d'œil rassurant en direction de ses hommes. Rassurant mais pas rassuré.

Chopqi prit le temps d'observer les hommes en question. Un à un. Des visages de fermiers. Des pères de famille angoissés. Concentrés sur la porte de l'école, d'où le danger semblait venir. Des hommes de métier n'auraient pas agi comme ça. Avec un peu d'expérience, on apprenait que le danger vient de partout.

Autre détail troublant : ils étaient en position de force, et ils paniquaient. Ils paniqueraient encore plus quand un tireur isolé se mettrait de la partie. Atanata prit le pari qu'aucun des tireurs en place autour de l'école n'aurait le réflexe de se demander d'où la balle serait tirée.

Il jeta un coup d'œil aux deux hommes restés impassibles.

Sur la place, Eduardo Mendes cria en direction de la maison.

— Pablo !

Un instant, il laissa pendre le bras qui tenait le portevoix, puis il se reprit :

— Pablo, on sait que tu es là. Libère la fille, et on ne te fera pas de mal.

Les deux hommes qui semblaient garder le garage étaient captivés par la scène. Chopqi s'esquiva.

Le garage était vide. Chopqi y entra. Une échelle de meunier donnait sur la lucarne, à l'abri des regards. Il avait vue sur la place. La distance était bonne. Il disposait de plusieurs issues pour fuir.

Il s'était décidé. Il irait voir son frère Pepin, il lui dirait : le contrat est réglé, je m'en suis occupé en sautant du train. Il serait de retour au village. Lui, Atanata. Le bâtard. L'Indien qui fricotait avec les Blancs. Il serait de retour. On le fêterait.

Il finissait d'assembler son arme. Classique en toutes circonstances. Pour voyager, il optait pour le lin. Pour tuer, il préférait la Winchester .49. Avec un silencieux de 1905. Le modèle d'origine.

Chopqi rampa jusqu'à la lucarne, pour jauger la situation. Il y avait du nouveau. Un homme venait d'apparaître. Il avait sauté à travers la fenêtre de l'école. Brun, bien sapé, avec une mèche qui lui tombait sur l'œil. Le visage blafard, les traits tirés. Mais serein. Le sourire aux lèvres.

Atanata Chopqi se décala pour éviter de l'atteindre. Il prit ses appuis sur les coudes. Il respira régulièrement plusieurs fois. Les deux hommes s'étaient immobilisés à quelques pas l'un de l'autre. Atanata arma sa carabine. Il bloqua sa respiration, sans se crisper. Il appuya sur la détente. Il expira.

Le coup était parti. L'homme au porte-voix eut un sursaut et s'effondra. Une balle à grande déformation venait de percer sa boîte crânienne. Elle avait traversé le bulbe rachidien. Elle avait avancé en s'écrasant sur les chairs et les os pour accomplir sa fonction : déclencher une mort rapide, en faisant le plus de dégât possible. Le plomb chauffé par le vent de la course s'écrasa sur la mâchoire, en la fracturant. Sous l'impulsion, la tête d'Eduardo Mendes pivota légèrement. En s'écrasant, la balle transmit son élan à une canine. La dent se détacha de la mâchoire, jaillissant à travers la lèvre inférieure. Elle poursuivit sa course. Elle déchira la veste de Pablo Zorfi à hauteur de l'épaule droite, sans atteindre les chairs.

Atanata était un professionnel ; Pablo Zorfi n'était pas la cible.

Chopqi recula d'un bond pour se cacher. Il dissimula son arme sous une pile de journaux. Il rampait à reculons, se préparant à fuir, mais les déflagrations le jetèrent à plat ventre sur le plancher de la grange.

Terrible. Un bruit terrible. Ça tirait de partout. Atanata se boucha les oreilles. Il se forçait à garder la bouche ouverte. Il avala beaucoup de poussière. Il attendit que le calme revienne.

Le calme revint, lentement. Les hommes étaient comme fous. On entendait des fusils, des carabines, des pistolets à répétition. Une mitrailleuse. On aurait cru qu'ils tiraient sur le Diable en personne. Puis le tonnerre prit fin, faute de munitions.

Le silence était impressionnant. Atanata rampa vers la lucarne. Les corps des deux hommes avaient disparu dans la poussière et la fumée des cartouches. Les tireurs restaient inertes. Abasourdis. Les passants s'étaient enfuis. Ils revenaient en pantelant, comme des automates.

Atanata redoutait les réactions de la foule. Il savait qu'il devait profiter de cette torpeur inattendue pour quitter tranquillement les lieux. Mais la tension qui régnait sur la place le fascinait. Les hommes qui avaient tiré attendaient que le nuage se dissipe. Pour voir. La peur les hantait toujours. Comme s'ils craignaient de voir leur cible encore debout, fendant la brume avec un geste démoniaque, malgré les soixante-dix cartouches qu'ils avaient tirées sur lui en moins de trois minutes.

Une petite brise se leva. La façade de l'école apparut, criblée d'impacts. Les huisseries avaient souffert. Les deux corps apparurent, rigoureusement inertes. Pendant quelques secondes, personne n'osa faire un mouvement. Puis un homme armé d'un revolver quitta les rangs et s'avança. Suivi timidement par quelques autres.

L'homme portait un chapeau de planteur, en paille. Il se pencha d'abord sur le corps d'Eduardo Mendes. Il avança la pointe de sa botte, et tous ceux qui avaient fait un mouvement vers le centre s'arrêtèrent. L'homme observa la cicatrice béante à l'arrière du crâne, puis il poussa le corps du pied pour le faire rouler sur le dos. Il vit la mâchoire déformée, la plaie ouverte à la joue. Les yeux étaient fixes, grands ouverts. L'homme se tourna vers la foule, et le signe qu'il adressa à ses compagnons influença peut-être la suite des événements. Il hocha la tête, de haut en bas. C'était un signe positif : oui, Mendes est bien mort. Sans le vouloir, l'homme avait laissé paraître son soulagement en apprenant la mort de l'homme qu'il était venu protéger.

Avant de se tourner vers Pablo, il rangea son arme dans sa ceinture, et la foule frémit devant ce geste d'amitié. Pourtant, le corps de Pablo était réduit en bouillie, et l'homme venait de participer au massacre, vidant son chargeur sur lui. L'homme retira son chapeau. Il n'avait jamais vu Don Zorfi de si près.

Il sentait que la foule le suivait. Il posa un genou en terre devant le cadavre de l'homme qu'il venait d'abattre.

Cérémonie touchante. Atanata pensa au bon cheval.

L'homme étendu au milieu de la place, et dont le destin se résumait maintenant à une mare de sang, c'était le bon cheval. Celui qui fait tourner la meule. Un jour il devient trop vieux, il perd les pédales. Il mord les enfants. Il attrape une maladie contagieuse. Il faut l'abattre. Un devoir qu'on accomplit à contrecœur.

Dans sa déférence et dans son mépris, l'homme au chapeau de paille avait désigné le héros et l'ordure. Il faisait le bon choix. Il suivait le parti de la foule. Il n'avait pas envie de se faire massacrer.

Alors, le processus qu'Atanata redoutait commença. Des bruits de voix montèrent en puissance. La foule se resserrait vers le centre, dissolvant les hommes de Mendes. Le corps désarticulé de Pablo Zorfi fut soulevé à bout de bras. Il tressautait sur le dos de la foule, comme une éponge gorgée de sang. Le cadavre fit plusieurs tours dans la cour de l'école, et la procession se tourna vers la chapelle Sainte-Lucie.

De son vivant, Pablo Zorfi n'était jamais entré dans une église, mais les gens avaient décidé de le traiter comme un grand homme. Pourquoi pas ? Après tout, il avait fait construire une école.

La place se vidait. On abandonnait le corps piétiné d'Eduardo Mendes.

Atanata Chopqi s'offrit le luxe de démonter son arme, avant de l'emporter. Il quitta sa cachette en se félicitant de ce dénouement inespéré. Personne ne s'était intéressé à lui un seul instant. En se faufilant hors du garage, il eut le temps de constater que les deux hommes impassibles étaient les seuls restés sur place. Ils se dirigeaient lentement vers le corps mutilé d'Eduardo Mendes. Atanata quitta les lieux.

Il fallait qu'il prenne sa malle de vêtements restée à la gare. Son frère était sûrement arrivé. Il lui annoncerait la bonne nouvelle.

Raùl et Simòn atteignirent le centre de la place. Le corps de Pablo avait laissé une flaque rouge. Par endroits, des caillots gros comme le poing séchaient au soleil. Sous le trait large et flou qu'avait laissé le bras droit de Pablo, ils aperçurent un petit carnet de cuir noir.

Ils l'ouvrirent. Une partie de leur vie défila sous leurs yeux. Le recueil se lisait dans les deux sens. D'un côté, on revivait les hauts faits de Pablo, à la deuxième personne : *Tu as épargné Don Jaime. Tu as augmenté les filles. Tu as vengé l'oncle Martìn. Tu as libéré Felipe Guzman.*

Peu de ces pages étaient remplies.

Si l'on retournait le carnet, le recueil était plus fourni.

Tu as insulté ce mendiant. Tu as tué Don Fernando. Tu lui as dit « sans moi, tu ne serais qu'une sale petite traînée ».

Les deux hommes connaissaient la plupart de ces faits. Mais cette liste était surprenante, de la part de Pablo. Pablo n'avait pas laissé, de son vivant, l'image d'un homme qui cultivait des remords.

Ils tiquèrent en tombant sur : *Exécution R. Zorfi.*

C'était la seule mention qui n'était pas exprimée à la deuxième personne. Dans sa liste de mauvaises actions, Pablo avait noté le meurtre de son père comme une obligation vaguement ennuyeuse, réclamant un pense-bête.

Raùl se pencha sur le corps de Mendes. Il dit :

— Il faudrait l'enterrer, lui aussi.

Simòn inclina sa tête énorme. Son frère avait raison. Il fallait se comporter en êtres humains, en toutes circonstances.

Un matin, Pablo Zorfi avait trouvé le cadavre d'une femme allongé près de lui. Il fit appel à Eduardo Mendes, et Mendes comprit que son heure était venue.

Pablo n'avait aucun souvenir de la nuit qu'il venait de passer. Défaillance mnémonique due à une consommation intensive de drogues diverses. Eduardo Mendes avait toujours été persuadé que Pablo avait tué cette fille. Les coups, brimades et humiliations, étaient entrés progressivement dans les jeux sexuels de Mendes, jusqu'à devenir une habitude. La vie d'une pute ne valait pas grand-chose à ses yeux. Il voyait un événement qui servait ses intérêts. Pablo commençait à perdre les pédales. C'était bon signe. Mendes allait reprendre une à une toutes les affaires en cours et y mettre bon ordre.

Pablo était mort avant de comprendre. La jeune femme poignardée s'appelait Rosa. Elle était serveuse à l'hôtel Colòn. Simòn Martìn, le colosse, était amoureux d'elle. Ils se voyaient en cachette. Ils jouaient à se faire peur. Les bleus, les brûlures de cigarette, c'était lui. Rosa était d'accord. Un soir, Simòn l'avait vue fricoter avec Pablo. Ils étaient montés ensemble. Simòn était là. Il avait vu rouge.

Le lendemain matin de bonne heure, Raùl avait trouvé son frère, hébété, marchant au milieu de la forge, la chemise tachée de sang. Ils l'avaient jetée dans le four à pain, et la vie avait suivi son cours.

Cet événement avait précipité la décision de Raùl de quitter la bande avec son frère. Peut-être que certains hommes étaient assez braves ou assez malades pour vivre dans le sang en gardant la tête froide. Ce n'était pas le cas de son frère Simòn. Il fallait le protéger.

Après la mort d'Agustìn, Raùl Martin reprit la direction du garage et le fit prospérer encore de longues années. Il vécut des jours paisibles en compagnie de son frère. Il mourut de sa belle mort, entouré de ses enfants et de ses proches, durant l'hiver 1948. Une guerre mondiale venait de finir, et Raùl Martìn emportait le secret dans sa tombe.

Dolores revint chez elle après dix jours d'absence. Elle passait le plus clair de son temps avec Luis. Elle l'entraînait dans de longues promenades. Ils remontaient le canal, jusqu'à ce qu'ils soient seuls. À l'abri des regards. Ils jouaient à la guerre. Ils imitaient des animaux.

Ils rentraient tard dans l'après-midi. Sales, écorchés, ravis.

Elle avait peur d'aller en ville. La ville était noire de monde. La ville était pleine d'hommes armés qui la regardaient de travers. Qui lisaient en elle. Qui connaissaient son secret. Dolores attendait. Elle mettait un projet sur pied. Quand il serait au point, elle irait à Chazcùn.

Dolores retrouva les ruines de la bibliothèque. C'était l'heure de la sieste. Le chantier était désert. Elle entra par le trou béant dans la baie vitrée. Elle enjamba des monceaux de cendre. Elle retrouva ce qui avait été son bureau. Elle reconnut le livre qu'elle tenait à la main quand la verrière avait explosé. La couverture illustrée. L'homme au turban et la jeune femme alanguie. Le livre avait brûlé, comme tout le reste. Les pages tenaient encore, froissées et racornies. On reconnaissait les contours du dessin, même si les flammes avaient détruit les couleurs. Dolores savait que tous les petits signes tracés à l'encre sur les pages étaient encore lisibles, si une main délicate parvenait à les détacher les unes des autres.

Dolores avança le pied. Du bout de sa bottine, elle effleura les pages. Le livre consumé s'effondra sur lui-même. Au milieu des cendres, Dolores reconnut le trombone qu'elle avait utilisé comme marque page. Il était tordu par la chaleur. Il avait pris la forme arrondie d'une lettre grecque.

Oméga. Le chaos, la naissance et la mort. L'origine et la fin de toutes choses.

Dolores soupira. Elle voyait des signes partout.

Juin 1927

Pour atteindre cette porte, Dolores avait couvert ses épaules et sa tête sous un châle. Elle s'était glissée par l'escalier. Le gardien connaissait son visage, elle avait détourné son attention. Elle avait perdu son châle dans le couloir et s'était mise à courir. La porte était ouverte. L'homme était dans son bureau.

Ruben Maquin, le maire de Chazcùn, avait un goitre. Ses ennemis l'appelaient *l'homme au goitre.* Ses amis aussi.

Il en jouait. Il savait qu'en tournant la tête vers son interlocuteur, le lent mouvement des chairs sous sa mâchoire lui donnaient des airs de varan. Dolores avança vers le bureau. Ses mains étaient moites. Par chance, elle avait préparé son coup. L'homme l'observait sans surprise. Il ne laissait rien paraître de sa contrariété. Ses lèvres épaisses se soulevèrent dans un sourire.

— Dolores, bonjour.

L'homme déplaça son corps massif de quelques centimètres et tendit la main en direction d'un siège. La jeune femme resta immobile.

— Je suis passée devant la bibliothèque, dit-elle. J'ai vu que les travaux avaient commencé.

Une ombre passa sur les traits de Ruben Maquin. Ses sourcils broussailleux se rapprochèrent, dessinant une tache sombre au milieu de son front. Il se rassit et soupira.

— Vous devez être épuisée. Prenez des vacances. Reposez-vous.

— Je suis en pleine forme. Je suis venue reprendre mes fonctions.

L'homme au goitre crispa les mains sur son bureau. Il les retourna dans un geste d'impuissance, paumes vers le ciel.

— Dolores, je suis désolé. L'œuvre qui a soutenu la bibliothèque s'est retirée. Votre donateur est décédé. La municipalité n'est pas en mesure de supporter de nouveaux travaux. Je suis désolé.

— Vous l'avez déjà dit. Pourtant, la rénovation est en cours.

Dolores se tut, mais son regard en disait long.

Ne cherche pas à m'en raconter. Je sais déjà. Mais je veux l'entendre de ta bouche.

— La ville s'est prononcée pour un autre projet.

— Et ce sera ?...

— Un casino.

La jeune femme sourit. C'était bien ce qu'elle avait entendu dire. L'homme prit une inspiration comme par réflexe, sans savoir exactement ce qu'il pouvait ajouter, mais Dolores se dirigeait déjà vers la porte.

Quand elle fut sortie, l'homme au goitre poussa un soupir de soulagement. La jeune femme s'était montrée très compréhensive. Il faudrait donner de nouvelles consignes. Pour commencer, virer le gardien. Qu'on n'entende plus jamais parler de Dolores Poinsò.

Dolores marchait dans les couloirs, ignorant superbement la présence des hommes qui l'escortaient. Elle se sentait calme. Elle avait eu ce qu'elle voulait. Elle savait, maintenant. Le généreux donateur décédé, c'était Pablo. Quand elle lui avait parlé de Luis, il avait dit « Oui, je sais ». Comment aurait-il pu savoir ? Il l'avait suivie, épiée. Il avait eu vent de son projet. Il avait envoyé de l'argent. De l'argent et des hommes.

Des hommes étaient entrés avant elle dans le bureau de l'homme au goitre. Des hommes avec des battes de base-ball. Ils avaient fait ce que des années de suppliques ; ce qu'une armée de pétitions n'aurait jamais fait. Ils avaient invoqué la peur. La peur et l'argent. Les deux mamelles de la civilisation.

Dolores descendait les escaliers. Les gorilles de Ruben Maquin la serraient de près. Elle sentait leurs ongles à travers sa chemise. Elle n'éprouvait ni dégoût, ni colère, ni frayeur. Elle était parfaitement calme. Elle savait.

L'homme au goitre ouvrit un œil et tenta de sonder l'obscurité de la pièce. Quelque chose avait bougé. Il avait entendu le plancher craquer. Un vent léger souleva mollement les rideaux, apportant un peu de fraîcheur. Pas assez pour repousser les menaces de l'orage et les cris des coyotes. L'homme ne se rappelait pas qu'il avait laissé la fenêtre ouverte, la veille.

Il rêvait encore. Ou il n'avait pas bien vu. Ou la lune s'était levée, éclairant un instant une silhouette pâle qui se déplaçait dans la pièce. L'homme se dressa sur un coude. Le réveil brutal de ses muscles l'étourdit. On était au milieu de la nuit. Il avait trop bu, la veille. Il n'avait pas bien cuvé. La nausée lui monta aux lèvres. Il s'affala sur ses oreillers.

Le silence revint. L'homme s'assoupit. Le plancher craqua de nouveau. Quelque chose d'extrêmement fin passa sur ses lèvres. Peut-être une mouche. Il perçut une odeur de savon. Un parfum de femme. Vanille et fleur d'oranger. Il ouvrit les yeux. Il vit un crâne en contre-jour. Les cheveux lui tombaient sur les joues. Quelqu'un dit « Chhhhhht ». Dolores Poinsò. L'homme rêvait. Il se laissa aller. Le rêve promettait d'être délicieux.

Quand elle plaqua sur sa bouche le chiffon imbibé de chloroforme, il n'opposa aucune résistance.

Dolores avait embauché deux gamins pour l'aider à transporter le corps de Ruben Maquin. Ils étaient montés à l'arrière de l'auto, de part et d'autre de l'homme endormi. Ils chuchotaient. Ils ricanaient. Une femme au volant…

Ils quittèrent les faubourgs de Chazcùn. Dolores roula encore quatre ou cinq kilomètres, et pila. Cris indignés à l'arrière.

— Hé doucement, patronne !

— Qu'est-ce qui se passe ?

— On est arrivés, les gars.

Incrédules, les deux garçons jetèrent un coup d'œil par la fenêtre pour scruter le désert plongé dans la nuit.

— Tout le monde descend.

Les gamins firent mine d'empoigner Ruben Maquin.

— Non. Lui, il reste là.

Dolores contourna la voiture. Les deux garçons la rejoignirent à l'avant, dans la lueur des phares. Elle tenait des billets de banque à la main. Ils l'observaient, comme deux insectes fascinés par la lumière.

— Merci, les gars. Pour vous, ça s'arrête là. Vous avez été parfaits.

Balancement des deux garçons hésitant entre satisfaction et inquiétude. Regards zigzaguant entre les billets de banque et la nuit déserte.

— Mais, patronne… Vous allez pas nous laisser là !

— Vous êtes à une heure à pied de chez vous. Vous ne savez pas où je vais ni ce que je vais faire. Vous ne savez pas qui je suis. Vous m'avez oubliée, dit-elle.

Séparant la liasse en deux. Tendant sa part à chacun.

Petit sourire satisfait, vite réprimé. Retour laborieux à la négociation. Mine de souffrance exagérée.

— Patronne, c'est pas ce qu'on avait dit.

Effet de sourcil de Dolores.

— Ah non ?

— Non. On avait dit cinquante chacun, mais si vous nous ramenez chez nous ! Là, ça va être compliqué, il va falloir qu'on prenne un taxi…

Les gamins pouffaient.

— Attendez, j'ai quelque chose d'autre pour vous.

Repli stratégique de Dolores. Gloussements satisfaits des deux garçons. Les femmes, en affaires…

Dolores contourna la voiture. Elle ouvrit le coffre. La carabine était là, emballée dans un chiffon. Elle retira le chiffon et engagea une balle dans la chambre. Puis elle revint dans la lumière des phares, la crosse calée contre l'épaule. Elle avait essayé le tir à hauteur de la hanche, ça ne lui réussissait pas. Ça lui tordait le poignet. Elle s'arrêta à bonne distance. Elle savait que les gamins n'allaient pas la prendre au sérieux.

Ils virent le fusil, et cessèrent de rire. Puis la bonne humeur revint.

— Allez, patronne…

Le plus jeune s'avança, main tendue vers le canon. Le coup partit. Un doigt sauta. Peut-être. Dolores avait mal vu. Le gamin poussa un hurlement. Il pressa sa main entre ses cuisses. Il l'injuria. Dolores serra les dents. Elle engagea une nouvelle balle dans la chambre. L'autre gamin commençait à reculer. Livide.

— OK, OK, on y va, OK. Viens, Pepe…

— Ah putain de salope, putain d'enfoirée de salope…

Au second coup, tiré en l'air, les deux gamins détalèrent.

Ils couraient vers Chazcùn, portant la bonne nouvelle. Une femme est entrée en affaires. On ne rigole pas avec elle. C'est une malade. On l'appelle « patronne ».

Dolores avait prévu son coup. Elle avait repéré la cabane de bergers, à quarante kilomètres de la ville. À plus de dix de la première habitation. Elle avait refait le chemin de nuit. Elle avait emmené des cordes et des poulies. Elle avait lu des livres de mécanique, sur la démultiplication des forces. Elle savait qu'elle aurait le temps de revenir avant que son mari ne se réveille.

Elle gara l'auto juste à l'entrée de la cabane. L'homme avait vomi. Dolores surmonta sa répulsion. Elle passa la corde sous ses aisselles. Elle suspendit une première poulie à la poutre. Elle fixa la seconde à l'essieu de l'auto. Elle disposa des rondins pour que le corps roule. Elle entra dans la cabane, prit appui du pied sur le mur et tira de toutes ses forces. Le corps bascula. Ça ne se passait pas aussi bien que prévu. Le corps endormi se coinçait devant la porte. Dolores dut prendre un rondin pour faire levier.

Elle parvint à l'installer comme elle l'avait prévu. Les bras en croix, solidement noués par les poignets. Elle prit un couteau. Elle déchira tous ses vêtements. Elle était en sueur. Dans la lueur des phares, elle regarda sa montre. Quatre heures et demie. Il était temps. Elle vérifia les nœuds de la corde. L'homme commençait à frissonner. Il gémissait. Dolores lui posa un bâillon.

Elle reprit la route de Chazcùn. Elle arriva à la maison avant l'aube. Elle avait caché un bidon d'essence dans l'écurie. Elle remit le réservoir à niveau. Elle remit la carabine à sa place, en haut de l'armoire, dans la cuisine. Elle passa dans la chambre. Hernan dormait. Elle prit la tasse encore à demi pleine de camomille, sur la table de chevet. Elle la vida dans la cour, pour éviter que son mari, au réveil, ne remarque l'odeur du somnifère.

Elle s'allongea près de lui, et attendit le jour, les yeux ouverts.

Toute la journée du lendemain, Dolores attendit la nuit. Les yeux brûlants. Réprimant des bâillements. Elle ne pouvait pas s'empêcher de regarder la route, par où des hommes allaient peut-être venir. Si Ruben Maquin était parvenu à se libérer. S'il l'avait reconnue. S'il avait réussi à traverser le désert à picd, sans chaussures, tout nu.

Dolores passait constamment de l'angoisse à l'envie de rire ; de l'envie de rire à la terreur ; de la terreur à l'envie de tuer. En attendant, elle gardait la tête froide. Elle souriait. Elle fit une cabane de terre avec Luis. Puis une partie de billes. Elle prépara un ragoût. Enfin, Hernan revint. Ils dînèrent. Elle lut une histoire à Luis. Une histoire d'enfants orphelins recueillis par des individus sans scrupules. Des enfants qui regrettent le temps béni où ils avaient leurs parents, mais qui s'en sortiront toujours dans la vie, car ils sont polis, aimants, reconnaissants, et déférents envers les grandes personnes.

Enfin, la nuit tomba. Enfin, vint l'heure de la camomille. Dolores attendit une heure et se leva.

Elle reprit l'auto. Elle reprit la route. Elle roula à travers la nuit. Sous l'effet de la fatigue, la route lui semblait différente de la veille. Plus longue. Elle eut envie de faire demi-tour. La cabane apparut dans la lumière des phares. Dolores coupa le moteur et tendit l'oreille. L'homme poussait des cris.

— Tirez-vous de là, tirez-vous ! Aaaaaah ! Tirez-vous, saloperies !

Dolores prit son fusil. Elle se munit d'une lampe à huile et l'alluma. Elle marcha lentement vers la cabane. Elle y était allée un peu fort. Apparemment, l'homme parlait tout seul. Il avait perdu la raison.

La porte était entrouverte. Dolores la poussa du pied. Ruben Maquin apparut. Son bâillon avait glissé. Il bavait. Il lançait des coups de pied dans le vide. Il jeta un regard en direction de la lumière, sans cesser de hurler.

Dolores avança d'un pas. Elle perçut l'odeur. Excréments humains, sueur rance. Peur. Chien mouillé.

Dolores entendit les jappements. Elle vit les ombres passer à raz de terre. Ruben n'était pas seul. Elle posa sa lampe au sol et saisit son fusil à pleine mains. Elle cala la crosse. Encore une bonne occasion de s'entraîner au tir.

Des chiens sauvages. Elle arrivait à temps. Les chiens sont pires que les coyotes. Ils attaquent l'homme. Heureusement, elle n'en compta que deux, miraculeusement échappés de la meute. Ils erraient dans la cabane, essayant d'attraper un morceau de chair. Dolores tira. Le coup de feu retentit violemment à l'intérieur, répercuté par les murs. Le chien s'effondra. L'autre chien courut vers la porte, avant que Dolores n'ait le temps de recharger. Elle tomba à la renverse, perdant son fusil, se couvrant la tête des bras. Le chien bondit, passa sur elle et s'enfuit.

Dolores se releva. Elle tremblait. Elle se ressaisit. L'homme, à l'intérieur, sanglotait.

Dolores fit un nouvel aller-retour à la voiture. Tout se passait bien. Ruben Maquin était mûr. Il n'avait pas réussi à se libérer. Elle pouvait engager la suite des événements. Dans la boîte à gants, elle prit un porte-documents de cuir, une bouteille d'encre et un stylo plume.

Elle retourna dans la cabane. Elle ouvrit le porte-documents. Il contenait une page rédigée et une pile de feuilles blanches. Dolores posa la plume en évidence, ainsi que la bouteille d'encre ouverte. Elle sentait dans son dos le regard de l'homme attaché. Elle entendait sa respiration.

Elle pivota et, saisissant la lampe à huile, s'approcha de Ruben Maquin. Il grelottait. Des larmes, de la salive coulaient sur son visage.

— C'est bientôt fini, dit-elle. Vous allez recopier cet acte qui me nomme à la direction du casino que vous êtes en train de construire. Et vous serez libre.

— Vous êtes folle.

Dolores approcha la lampe du visage de Maquin. Il se tut. On entendait un petit crépitement. On percevait une odeur caractéristique. Ses sourcils se mettaient à griller.

— D'accord, d'accord, dit l'homme.

Dolores recula. Elle posa sa lampe et son fusil à bonne distance. Elle donna du mou aux cordes qui retenaient Maquin juste assez pour qu'il atteigne la page. Il bondit sur elle. Il la saisit à la gorge. Il hurlait. Il serrait fort. Dolores sentit son souffle s'arrêter. Elle entendit un craquement. Elle crut que la trachée était rompue. Elle paniqua. Elle palpa la cuisse de Maquin. Elle atteignit les testicules. Elle les saisit de la main droite et serra. L'homme recula en hurlant de plus belle.

Dolores se dégagea en suffoquant. Elle rampa jusqu'à son fusil. Elle le saisit par le canon et asséna un coup du plat de la crosse sur les côtes de l'homme, qui continuait de ramper. Elle lui donna des coups de pied. Elle l'injuria.

Elle recula de trois pas, tenant Ruben Maquin en joue. Sa respiration était pénible et sifflante. Mais elle respirait. Elle s'appuya contre un mur. Elle visait l'homme à la tête.

— Faites ce que je vous demande. Faites-le ou je vous tue, tout de suite.

Maquin acquiesça. Il rampa sur les coudes pour s'approcher de la feuille. Il tenta d'écrire mais il tremblait trop. Dolores avait prévu le coup.

— Laissez tomber. Retournez au milieu de la pièce. Je vous apporte une couverture.

L'homme obéit. Dolores resserra les liens. Nouveau voyage à la voiture. Dolores rapporta la couverture, et une bouteille de Mezcal. Ruben Maquin en but une lampée. Elle le frictionna.

— Ça va aller, cette fois ?

Il regarda sa main. Il acquiesça. Dolores reprit ses distances. Elle lui donna du mou. Elle le laissa faire.

— C'est bon ? demanda-t-elle.

Il acquiesça. Elle le força à retourner au milieu de la pièce. Elle resserra les liens. Elle s'approcha de la feuille. Elle compara l'écriture avec d'autres documents signés de la main de Ruben Maquin.

— Ça n'a aucune valeur, hasarda-t-il d'une voix rauque.

Dolores ne répondit pas. Elle rangea soigneusement la feuille dans le porte-documents et contourna l'homme.

— Je vais vous libérer, dit-elle.

Elle leva son fusil, posa l'embouchure du canon sur la nuque de l'homme entravé, et pressa la détente. Le bruit de la déflagration explosa contre les murs dans un fracas assourdissant tandis que le sang, la poussière et l'odeur répugnante des chairs brûlées envahissaient la maison.

Emprunts, hommages, plagiats

La scène où Pablo retrouve un cadavre dans son lit est un emprunt au film *Barton Fink*, des frères Cohen.

L'homme en flammes, surgi de nulle part et provoquant le Destin, est dans *L'Iliade* d'Homère. On le trouve dans le rêve de Cassandre qui annonce la chute de Troie, à la naissance de Pâris.

Dans *Corto Maltese en Sibérie*, Corto se trouve aux prises avec un fou de guerre ; il déambule dans la steppe en se récitant un poème de Rimbaud pour conjurer la peur de mourir. Ainsi fait Dolores avec le poème d'Edgar Poe.

À propos de poètes, l'expression « par délicatesse » est aussi de Rimbaud.

La Garde Blanche est une légende qu'on m'a racontée au Mexique. Quand une famille d'Indiens sans défense se fait massacrer, on accuse la Garde Blanche, parce qu'on tient à sa peau. Une légende qui a des effets terriblement réels.

Le reste du livre raconte ma vie. Sous une forme métaphorique, évidemment.

J'ai eu la chance ces derniers temps, de faire un métier qui m'a permis de beaucoup voyager. Une bonne partie de ce roman a été composée sur la route. Je le dédie à mes camarades de camion.

DU MÊME AUTEUR

Aux Éditions Après la Lune

Dans la collection Lunes Blafardes

SANSALINA, 2007, Folio Policier n° 600

NOUS LES MAÎTRES DU MONDE, 2010

Aux Éditions Lattès

LE RETOUR DU PIRATE, 2003

Aux Éditions Hachette Jeunesse

Dans la collection Planètes filles

INTRUSE, 2010

Composition Interligne
Impression Novoprint
le 25 octobre 2010
Dépôt légal : octobre 2010

ISBN 978-2-07-039646-7./Imprimé en Espagne.

165925